Marita Conlon-McKenna

Sturmkinder – Endlich ein Zuhause

OMNIBUS

Foto: © privat

DIE AUTORIN

Marita Conlon-McKenna, 1956 geboren, verbrachte ihre Kindheit teils in Dublin, teils in einem Dorf an der irischen Küste. Schon von klein auf hatte sie den Wunsch, Schriftstellerin zu werden. »Folgt immer dem Fluss«, ihr erster veröffentlichter Roman für Kinder, erhielt den renommierten »International Reading Association Children's Book Award«. Die Autorin lebt heute mit ihrem Mann und vier Kindern in Dublin und schreibt an weiteren Kinder- und Jugendbüchern.

Von Marita Conlon-McKenna ist bei OMNIBUS erschienen:

Sturmkinder – »Folgt immer dem Fluss« (26086)
Sturmkinder – »Aufbruch nach Amerika« (26087)

Marita Conlon-McKenna

Sturmkinder –
Endlich ein Zuhause

Aus dem Englischen von
Ulli und Herbert Günther

THIENEMANN TASCHENBUCH

THIENEMANN TASCHENBUCH BEI OMNIBUS

Band 26088

Umwelthinweis:
Dieses Buch wurde auf chlorfrei gebleichtem
Papier gedruckt.

Erstmals als Thienemann Taschenbuch
bei OMNIBUS Februar 2002
Der OMNIBUS Taschenbuchverlag gehört zu den Kinder- &
Jugendbuch-Verlagen in der Verlagsgruppe Random House
Gesetzt nach den Regeln der Rechtschreibreform

Die irische Originalausgabe erschien 1996 unter dem Titel
»Fields of Home« bei The O'Brien Press, Dublin

Übersetzung: Ulli und Herbert Günther
Umschlagbild: Elisabeth Holzhausen/artelier 9
Umschlagkonzeption: Klaus Renner
Ht · Herstellung: Peter Papenbrok
Satz: KCS GmbH, Buchholz/Hamburg
Druck: Clausen & Bosse, Leck
ISBN 3-570-26088-7
Printed in Germany

www.omnibus-verlag.de

10 9 8 7 6 5 4 3 2 1

OMNIBUS

Auf dem Pachthof

Mary-Brigid ging über die weichen Sommergrasbüschel und half ihrer Mutter Eily, den schweren Wäschekorb zu tragen. Sie liebte Tage wie diesen, wenn der Himmel so blau war und das Gras so grün, dass man es beinahe unter den Füßen wachsen hörte.

Sie konnte ihren Daddy sehen, John, der unten auf dem Kartoffelacker Unkraut jätete. Nach den kräftigen grünen Blättern und Stängeln zu urteilen, hatte er gesagt, müsste es dieses Jahr eine gute Ernte geben. Die anderen Männer sagten das auch.

Über die Wiese hinter dem kleinen Kartoffelacker trottete gemächlich und ununterbrochen kauend Bella, die Milchkuh, und verscheuchte dabei mit dem Schwanz die lästigen Fliegen.

»Mary-Brigid, gibst du mir mal Nanos Hemd und Strümpfe?«, sagte Eily.

Mary-Brigid hielt ihrer Mutter die tropfnassen Kleidungsstücke hin und kicherte, als das Wasser über ihre nackten, mageren Beine und Füße rann und den Saum ihres weiten blauen Baumwollkleids durchnässte. Bald war die Leine, die zwischen der jungen Eiche am Ende der Wiese und dem Holzpfosten neben dem Haus gespannt war, mit einem Sammelsurium nasser Kleidungsstücke geschmückt. Zuletzt breitete Eily ein Laken zum Trocknen über einen Busch.

»Geschafft!« Eily lächelte, trocknete die Hände an ihrer Schürze ab und gönnte sich ein paar Minuten Pause. »Ist das nicht ein prächtiger Tag heute, Liebling?«

Der leichte Wind, der die Wäsche trocknete, fing sich in Mary-Brigids blonden Haarsträhnen und wehte sie in alle Richtungen. Eine Plage, wie ihr Haar sich immer verhedderte und verknotete, während das feine Haar ihrer Mutter so leicht zu bändigen war. Sie beobachtete die Mutter, die ihren Blick über die Felder und Wiesen ringsum wandern ließ.

»Siehst du die Mauern, Mary-Brigid? Der Vater deines Vaters, Großvater Joshua, und *sein* Vater haben diese Steinmauern gebaut. Sie mussten Steine und Felsbrocken aus der Erde graben und hochstemmen. Vom Flussufer holten sie sich noch mehr Steine und dann haben sie sie schön ordentlich einen auf den anderen geschichtet. Das hat lange, lange Zeit gedauert.«

Mary-Brigid sah zu den grauen, niedrigen Mauern mit den ineinander gefügten Steinen hinüber. Sie bildeten die Grenze des kleinen Anwesens mit seinem Kartoffelacker, der struppigen, hügeligen Weide und dem steinigen Streifen Land, wo mühsam die Gemüsepflanzen ihrer Mutter und ein wenig Weizen heranwuchsen. Ihr

Vater und ihre Mutter arbeiteten schwer, um das Stückchen Land zu pflügen, zu bepflanzen und von Unkraut freizuhalten. Meistens musste der Vater natürlich für den Gutsherrn arbeiten. Um das eigene Land konnte er sich nur kümmern, wenn er zwischendurch ein wenig Zeit hatte.

Aus der Richtung des baufälligen Schweinestalls in einiger Entfernung hörte man das hungrige Quieken von Muck, dem Schwein, das für den Winter gemästet wurde.

»Besser, wir bringen ihm bald ein paar Essensreste und Schalen«, sagte Eily, »sonst brüllt er noch den ganzen Ort zusammen.«

Sie nahmen den Wäschekorb auf, jede an einem Griff, und gingen langsam zu der ordentlichen, kleinen Hütte zurück. Trockener Torf war davor aufgestapelt, aus dem Kamin kräuselte sich Rauch und in der blanken, glänzenden Fensterscheibe spiegelte sich funkelnd die Sonne.

»Ksch! Ksch!«, machte Mary-Brigid zu den Hühnern, die ihr vor den Füßen herumtrippelten und scharrten. Maisie, ihre rote Lieblingshenne, versuchte wie immer, ihr bis in die Küche nachzulaufen. Das alte Huhn sei viel zu schlau für den Suppentopf, sagte Tante Nano oft. Nano saß in ihrem Schaukelstuhl vor dem Feuer und döste.

»Pst, Mummy!«, mahnte Mary-Brigid. »Sie schläft!«

»Pst!«, echote Jodie, der kleine Bruder. Er hatte still in einer Ecke gespielt, jetzt hob er den Kopf.

Die Urgroßtante, die beim Schlafen ganz leise schnarchte, bot ein Bild des Friedens.

»Vielleicht gibt es nachher ein bisschen Honig für euch zwei«, flüsterte Eily. »Daddy will nach dem Bienenkorb sehen.« Die Kinder schwärmten für Honig – ein Klecks Honig auf Eilys frischem, selbst gebackenem Brot oder ein Löffel Honig im morgendlichen Haferbrei, das war das Köstlichste, was sie sich vorstellen konnten. Schon bei dem bloßen Gedanken leckten sie sich die Lippen.

Immer überlegte sich Eily Kleinigkeiten, mit denen sie den Kindern eine Freude machen konnte. Damals, als sie selber ein kleines Mädchen gewesen war, waren die Zeiten sehr schwer gewesen, und das habe sie nie vergessen, sagte Tante Nano immer.

»Nun tu mir den Gefallen, mein Schatz, und spiel mit Jodie draußen an der frischen Luft!«

Jodie kam auf Mary-Brigid zugestürmt und grabschte mit den tapsigen Händen eines Zweijährigen nach ihrem Rock.

»Bleib in der Nähe der Hütte, Mary-Brigid!«, mahnte Eily. »Keine deiner üblichen Entdeckungsreisen und Ausflüge heute, ja?«

Mary-Brigid seufzte. Sie hätte so gern am Bach nach wilden Nelken geschaut.

»Na komm, Jodie!«, sagte sie. »Wir müssen uns eben was anderes ausdenken!«

Jodie mit seinem braunen Lockenkopf nickte. Für

einen kleinen Bruder war Jodie gar nicht so übel, dachte Mary-Brigid. Fangen spielen ging schon einigermaßen, auch wenn er noch nicht so schnell rennen konnte. Gut eignete sich Jodie auch, um kleine Prinzen zu spielen, die Mary-Brigid dann vor allen möglichen Ungeheuern und bösen Gutsherren retten musste.

Gackernd trippelte Maisie hinter ihnen her und pickte geschäftig mal hier, mal da.

»Huhn! Huhn!«, verkündete Jodie und zeigte mit einem schmuddeligen Finger auf den Vogel.

»Das ist Maisie, Jodie. Sag mal MAII-SIEE!«

»HUHN!«, wiederholte der kleine Bruder ernsthaft.

»Aber Maisie ist viel mehr als nur ein gewöhnliches, dummes Huhn«, sagte Mary-Brigid bedeutungsvoll. Sie kauerte sich ins Gras, wo das staubbedeckte Huhn eine besonders interessante Stelle zum Scharren gefunden hatte. »Maisie ist ein *verzaubertes* Huhn!« Mary-Brigids Augen funkelten.

Jodie stellte sich vor seine große Schwester. Seine Finger öffneten und schlossen sich bei dem vergeblichen Versuch, das zappelnde, dichte, rotbraune Federbündel zu packen, das ihm hüpfend und flatternd zu entkommen versuchte.

»Sie legt nämlich goldene Eier«, erzählte Mary-Brigid weiter und senkte ihre Stimme, »und sie kann Feen und Kobolde sehen!«

Aber Jodie war keineswegs beeindruckt. Von Feen

und Kobolden wusste er nichts, wesentlich interessanter fand er es, Tiere zu fangen.

Pickend stolzierte Maisie davon und machte, dass sie aus der Reichweite der beiden kam.

»Wenn wir lieb sind, Jodie, und ganz still«, sagte Mary-Brigid, »führt uns Maisie vielleicht zu einem ihrer Eier. Zu einem ihrer verzauberten goldenen Eier.«

Auf Jodies kleinem Gesicht machte sich Ratlosigkeit breit. Eier mochte er gern, aber er konnte sich nicht denken, was Eier mit diesem gackernden Tier zu tun hatten. Trotzdem lief er hinter seiner großen Schwester her, die nun die wild gackernde und wie verrückt mal in diese, mal in jene Richtung davonstiebende Maisie verfolgte.

»Man könnte meinen, John, das Kind ist in einem Dornengestrüpp hängen geblieben! Schau nur, wie es aussieht!«

Eily war wütend. »Sieh dir mal die Kleider an! Gestern habe ich sie gewaschen!«

Mary-Brigid hielt den Blick gesenkt und betrachtete das ofenfrische Kartoffelkuchenviereck auf ihrem Teller. Warum denn so ein Theater? Jodie hatte doch nur ein paar Kratzer und Schrammen. Sie sah, dass ihr Vater nur mühsam ein Schmunzeln unterdrückte.

»Kannst du erklären, wie das passiert ist, Mary-Brigid?«, fragte John ernst.

Mary-Brigid zog die Schultern hoch und leckte sich geschmolzene Butter von den Lippen.

»Ich meine, ich hätte euch beide heute Nachmittag gesehen, wie ihr hinter diesem anhänglichen Huhn hergerannt seid«, ergänzte er.

»MAASSEE!«, rief Jodie und versuchte gleichzeitig, wie ein Huhn mit den Armen zu flattern. Alle brachen in Gelächter aus.

»Ihr zwei Rabauken, ihr!«, sagte der Vater neckend, zauste durch Mary-Brigids Wuschelkopf und tippte mit dem kleinen Finger in das Grübchen auf ihrer Wange. »Meine kleine Lachmöwe!«

»Danke, Gott, für das Essen auf dem Tisch«, sagte jetzt Nano, »danke, dass die Familie und die Kinder satt werden.«

»Amen«, antwortete Eily leise.

Mary-Brigid schaute in die flackernden Flammen des Torf- und Holzfeuers. Im Nachthemd saß sie auf einem Kissen, beugte sich vor, streckte ihre nackten Zehen und Füße der Wärme entgegen und beobachtete, wie die Schatten der Flammen durch den Raum zuckten. Das gleichmäßige Knarren von Nanos schwerem Schaukelstuhl war das einzige Geräusch in der Stille der kleinen Hutte.

Eily brachte Jodie zu Bett, und John war hinausgegangen, um die Tiere zu versorgen.

Mary-Brigid blies sachte in das niedrige Feuer.

»Was machst du da, Kind?«, fragte Nano.

»Ich will nur das Feuer ein bisschen anfachen.«

»Du weißt, dass man mit Feuer vorsichtig sein muss, Kindchen. Komm, setz dich zu mir und lass meine alten Knochen ein bisschen von deiner Wärme spüren.«

Mary-Brigid kroch zu Nano auf den Schaukelstuhl. Ihre Urgroßtante war der älteste und netteste Mensch, den sie kannte.

»Nano«, sagte Mary-Brigid und fegte das Wirrwarr blonder Haare aus ihrem Gesicht, dann schmiegte sie sich mit der Wange an die Schulter der alten Frau. »Nano, erzählst du mir eine Geschichte?«

Die alte Frau seufzte – nicht ärgerlich, eher wie jemand, der solche Bitten von seinem Lieblingskind gewohnt ist.

»Was für eine Geschichte möchtest du denn?«, fragte Nano. Ihre sanften blauen Augen leuchteten und die Fältchen darum herum tanzten. »Etwas über Geister oder Kobolde?«

Mary-Brigid dachte nach. »Nein. Nicht *so* eine Geschichte heute, Nano. Etwas von früher.«

»Ah!«, sagte Nano. »Eine Geschichte von edlen Königen und Kriegern und großen Heldentaten!«

»Nein!« Mary-Brigid runzelte die Stirn. »Die Geschichte von Mummy und Michael und Peggy.«

»Ah!«, seufzte Nano und rückte sich in ihrem Stuhl zurecht. »*Die* Geschichte.« Immer wieder wollte das Kind diese Geschichte von ihr hören.

»Es ist eine Geschichte vom Mut«, begann Nano leise. Mary-Brigid nickte und ihre dunklen Augen glänzten. »Die Geschichte von einer Schwester, einem Bruder und einem kleinen Mädchen ungefähr in deinem Alter. Die Zeiten waren schwer damals, sehr schwer. Die Kartoffelernte war nämlich ausgefallen. Die Leute gruben ihre Kartoffeln aus der Erde und mussten feststellen, dass alles zu Matsch geworden war. Da wusste jeder – so sicher wie die Nacht auf den Tag folgt –, dass bald der Hunger kommen würde. Alle wussten es. In jedem Häuschen, in jeder Hütte, auf allen Feldern und Farmen Irlands. Und alle warteten.«

Eily kam herein. An die Tür gelehnt, blieb sie stehen und lauschte Nano, die mit gedämpfter Stimme weitererzählte: »Deine Mummy, Onkel Michael und Tante Peggy wollten nicht mit den andern ins Armenhaus. Da beschloss Eily davonzulaufen, zu Fuß durch das halbe Land, und sich auf die Suche nach Lena und mir zu machen.«

Eily schloss die Augen, als sie wieder die Geschichte ihrer Kindheit hörte …

Der Rennstall von Castletaggart

Michael O'Driscoll wälzte sich im Schlaf auf der harten Holzpritsche herum und suchte nach einer bequemen Lage.

»Michael! Aufwachen! Hörst du! Schnell, steh auf!«

Michael stöhnte und zog sich die Decke fester um die Schultern.

»Steh auf, Michael! Komm schnell! Ragusa – sie kriegt ihr Fohlen. Toss hat gesagt, ich soll dich holen.«

Michael rieb sich den Schlaf aus den Augen und schob sich langsam aus dem Bett. In der Unterkunft der Stallburschen über dem Wagenschuppen war es stockdunkel und Michael tastete nach seinen Stiefeln und seiner Jacke. Dass Stuten immer mitten in der Nacht fohlen mussten!

Der junge Brendan Foley, mit dreizehn der jüngste und unerfahrenste der Stallburschen, stand ungeduldig vor Michael. Der gelbe Lichtschein seiner Paraffinlampe schwang hin und her und zuckte über eine aufgeschreckte Maus, die davonhuschte.

»Sieht schlecht aus, Michael, Toss hat …«

»Halt die Lampe still!«, befahl Michael, der seinen zweiten Stiefel suchte.

»Toss macht sich Sorgen um sie.«

»Es kommt zu früh und die Stute ist zu alt«, brummte

Michael kurz angebunden. Wut stieg in ihm hoch. Ragusa war eine der besten Stuten im Stall. Sie hätte Besseres verdient. Lautlos, um die anderen Stallburschen möglichst nicht zu stören, schlichen sie durch den schmalen Dachbodenraum. Dann stiegen sie über die steile Holztreppe in den Hof hinunter. Die Pferde waren ruhig, nur eins oder zwei wieherten, als die Jungen vorbeigingen. Es war stockdunkel draußen und bis zur Morgendämmerung würde es noch eine Weile dauern. Vor dem Mond hing ein dichter, dunkler Wolkenschleier.

Als Michael die Stalltür aufstieß, hörte er, wie Toss mit gedämpfter Stimme beruhigend auf das Pferd einredete. Die trächtige Stute lag auf dem Stroh und war schon sichtlich erschöpft.

Michael bückte sich und tätschelte ihren Hals. »Braves Mädchen! Es wird schon, Mädchen, es wird schon.«

An ihren Augen konnte er sehen, dass sie Angst hatte. Die Stute spürte selber, dass es nicht gut um sie stand. Michael griff nach einem Büschel Stroh und trocknete Ragusa ein wenig ab.

»Sie hat nicht mehr viel Kraft, Michael«, sagte Toss besorgt. »Sie strengt sich nicht an. Das Fohlen braucht mehr Hilfe.«

Michael nickte.

»Bring Wasser, Brendan!«, befahl Toss.

Im Nu war der Junge mit einem schweren Zinkeimer voll Wasser zurück.

Toss ging langsam um die Stute herum, maß sie mit prüfenden Blicken und Michael spürte seine Besorgnis. Toss war der beste Pferdekenner, dem Michael je begegnet war. Alles, was Michael bis jetzt über Pferde wusste, hatte er von dem Sechzigjährigen gelernt.

Toss hatte sein ganzes Leben mit Pferden verbracht. Überall hatte er schon gearbeitet – in Cork, in Wicklow, in England. Der Ort war ihm gleichgültig, Hauptsache, es gab gute Pferde und einen guten Besitzer oder Verwalter. Die letzten fünfzehn Jahre hatte Toss auf dem Gut von Castletaggart gearbeitet. Michael war überzeugt, dass ihm Toss zu der Stelle hier verholfen hatte. Erst war Michael Stallbursche gewesen, dann Gehilfe und gelegentlich Jockey.

Nach so vielen Jahren gemeinsamer Arbeit brauchte es nicht viele Worte zwischen ihnen. Beide wussten, in welcher Gefahr die alte Stute schwebte, die sich hier wieder einmal mit der Geburt eines Fohlens quälte.

»Ich hab's ihm gesagt! Du warst dabei, Michael! Ich hab ihm gesagt, es ist zu schnell nach dem letzten Fohlen. Und dass sie in die Jahre kommt.« Michael spürte den tiefen Zorn in Toss' Stimme, als er über den Gutsverwalter George Darker sprach. »Er hätte auf mich hören sollen.«

Ragusa wieherte. Ihr ganzer Körper war verkrampft vor Schmerzen. Michael wusch sich Hände und Arme in dem kalten Wasser, dann kniete er nieder und untersuchte die Stute behutsam. Er konnte das Fohlen ertasten – die kräftige Wölbung der Wirbelsäule, die langen, dünnen Beinknochen und den schmal zulaufenden Kopf mit dem Maul.

Das kleine Fohlen brauchte dringend Hilfe.

»Toss, wenn du mit Brendan Ragusa beruhigst, versuche ich, das Fohlen rauszuziehen«, sagte Michael.

Er fasste die dünnen Beine zwischen Knien und Fesseln und bewegte das Fohlen sachte. Aufmerksam horchte er nach Toss, der ihm bei jeder Wehe Bescheid gab. Ruhig und sicher hielt Michael die Sprungbeinknochen umfasst. Endlich, nach einer Ewigkeit, waren die braunen Beine draußen.

Die Stute wollte sich herumwälzen, aber Toss und Brendan hielten sie fest, denn Michael zog nun Kopf und Hals des Fohlens heraus. Sekunden später lag das magere Hengstfohlen auf dem Stroh, nass, wehrlos und zitternd.

Ragusa, völlig ermattet, hob für einen Augenblick Kopf und Hals, um ihr jüngstes Fohlen anzuschauen. Ihre sanften braunen Augen suchten nach dem Kleinen, dann fiel sie zurück und ein Zucken durchlief ihren Körper. Es dauerte nur wenige Sekunden, dann war die alte Stute tot. Michael, Toss und Brendan sahen hilflos zu. Das Fohlen lag verloren im Stroh, es schnupperte an den Beinen seiner Mutter und wartete darauf, dass sie es sauber lecken und liebkosen würde.

Toss erhob sich. Die grauen Haare standen ihm zu Berge, graue Bartstoppeln zogen sich über Kinn und

Wangen. »So. Sie ist tot! Eine der besten Stuten, die je Rennen gelaufen ist! Und der Hengst, der kann ohne sie nicht überleben. Er ist zu klein, zu früh geboren. Ragusa und ihr Fohlen – das Werk einer einzigen Nacht!«

Toss konnte seinen Schmerz nicht mehr zurückhalten. Seine Augen füllten sich mit Tränen. »Lasst mich hier raus!«, schrie er wütend und machte einen Schritt über die Leiche der Stute und durch das Stroh. »Ihr kümmert euch drum«, befahl er barsch, dann ging er auf den Hof und marschierte in Richtung seiner kleinen Unterkunft an der anderen Seite der Stallungen davon.

Michael wusste, was nun kam. Toss würde sich wüst betrinken und sich ein, zwei Tage nicht blicken lassen. Er gab sich selber die Schuld.

»Was sollen wir jetzt tun?« Es war Brendan, der Michaels Aufmerksamkeit wieder auf ihr gegenwärtiges Problem lenkte. Der Hengst versuchte, das eine lange, knochige Bein vor das andere zu bringen, und strengte sich mächtig an, zu stehen und dichter an seine Mutter heranzukommen. »He, Michael! Was sollen wir tun?«, schniefte Brendan.

Michael überlegte. Ragusa war tot. Er musste seine Trauer wegschieben und zuerst an das Fohlen denken, an das verwaiste Fohlen, dem er auf die Welt geholfen hatte. Viel konnten zwei jungen Burschen wie sie nicht tun, aber die Vorstellung, dass sie hier standen und zusahen, wie das kleine Fohlen im Stroh lag, immer schwächer wurde und starb, war unerträglich. Das konnte er nicht hinnehmen. Irgendeine Möglichkeit der Rettung musste es geben.

»Haben wir zurzeit noch andere trächtige Stuten, Brendan?«

Der junge Bursche dachte nach und ging im Geist die verschiedenen Ställe durch, die er jeden Tag ausmistete.

»Nein!«, sagte er kummervoll. »Zwei haben wir, aber die sind erst im Anfangsstadium.«

Der Hengst versuchte, auf seinen wackligen Beinen stehen zu bleiben, er schaffte sogar ein, zwei Schritte. Neugierig stupste er seine Mutter an. Er verstand nicht, warum keine Regung von ihr kam, er verstand nicht, warum der kräftige Rhythmus ihres regelmäßigen, vertrauten Herzschlags plötzlich ausgesetzt hatte.

»Und eine, die nicht mehr säugt?«, fragte Michael verzweifelt. »Haben wir Stuten …«

Bevor er seinen Satz beenden konnte, fuhr Brendan dazwischen: »Glengarry! Die hat ungefähr vor zehn Tagen damit aufgehört.«

»Du bleibst bei dem Hengst, lass ihn nicht auskühlen.« Michael schnappte sich einen Emailbecher und spülte ihn im Wassereimer aus, dann trat er aus dem Stall in die kalte Luft des frühen Morgens. Bald würde es dämmern. Er gähnte und atmete tief die frische Luft ein, um sich wach zu halten.

Glengarry teilte den Stall mit einer anderen Stute. Sie war ein kräftiger Fuchs mit einer weißen Blesse am Kopf. Sie spitzte die Ohren und sah Michael mit klugen

Augen entgegen – sie wunderte sich, warum er sie beim Schlafen störte. Ihre Stallgenossin wieherte verärgert.

»Braves Mädchen! Gutes Mädchen!«, sagte Michael und kniete sich auf Glengarrys Streu. Er versuchte, sie zur Seite zu schieben, damit er sehen konnte, ob sie noch Milch produzierte. Schien nicht der Fall zu sein. Dann tastete er nach ihrem Euter, drückte gegen eine der Zitzen und sah, wie sie vor Flüssigkeit anschwoll. Vielleicht könnte sie das Fohlen ja doch säugen.

Aber wie sollte er es anstellen, dass sie Ragusas Fohlen akzeptierte? Stuten hatten nur an ihren eigenen Fohlen Interesse. Über einem Haken an der Stalltür hing Glengarrys Decke. Damit würde er es versuchen und vielleicht mit ein wenig Streu aus ihrer Box.

Er musterte Glengarry kritisch. Würde sie eine gute Pflegemutter sein? Es war die einzige Chance.

Er versuchte, sie zu melken, aber es kam nur sehr wenig Milch, und das meiste davon lief ihm über die Hände. Der Rest ergab eine winzige Pfütze in dem Emailbecher. Michael griff nach der Decke, raffte etwas Streu zusammen, ging aus dem Stall und schloss leise die Tür hinter sich.

Als er sich Ragusas Stall näherte, hörte er Brendans Stimme. Der Junge sang dem Hengst etwas vor. Das kleine Tier wirkte zittrig und verfroren, der junge Bursche nicht viel anders. »Geht bergab mit ihm, Michael, ich hab nicht gewusst, was ich tun soll.«

»Schon gut, Brendan. Mir ist was eingefallen. Aber

ich brauche deine Hilfe. Hier, nimm mal die Decke. Du musst das ganze Fohlen damit abreiben – und sieh zu, dass in seinem Fell ordentlich was vom Geruch aus der Decke hängen bleibt.«

Das Fohlen lag still, als ihm die beiden das Fell abrieben. Dann tippte Michael den Finger in Glengarrys Milch, fuhr damit über Kopf und Hals des Fohlens und betupfte besonders die Gegend um die Nase herum. Er schmierte die Flüssigkeit an seinen Händen an die dunkle Mähne und in das feine braune Fell des verängstigten Hengstfohlens, das jetzt verzweifelt an Michaels Fingern schnupperte. Zuletzt rieben sie die knochigen Beine und Hufe mit der Streu aus Glengarrys Stall ab.

»Fertig!«, sagte Michael.

Brendan nickte. Halb schleppten und halb führten die beiden Jungen den neugeborenen Hengst zu seiner Pflegemutter. Das verschreckte kleine Fohlen zitterte, als sie mit ihm den gepflasterten Hof überquerten, und in seinen glänzenden Augen spiegelte sich der bleiche, untergehende Mond.

Sobald sie Glengarrys Stall betraten, wieherte die Stute, die das fremde Tier witterte. Michael sagte Brendan, er solle das Fohlen ein paar Meter von der Stute entfernt ins Stroh legen. Dann traten die beiden bis zur Tür zurück, beobachteten schweigend die Szene und hielten ihre Lampe so, dass die Pferde nicht geblendet wurden.

Nichts geschah. Die Stute beachtete das Fohlen nicht und das Fohlen blieb schwach und zittrig, wo es war.

»Sollen wir es nicht lieber zu ihr hintragen?«, drängte Brendan.

»Nein! Warte! Lass ihnen noch Zeit!«, flüsterte Michael.

Sie warteten und warteten.

Nach einer Ewigkeit erhob sich die Stute, schüttelte sich bedächtig, dann schlenderte sie heran und betrachtete das Fohlen. Michael hatte Angst, dass Glengarry das verwaiste Jungtier beißen würde, aber sie fuhr nur ganz leicht mit den Nüstern über die kleine Gestalt. Dann, sehr zur Enttäuschung der Jungen, kehrte sie dem Fohlen den Rücken, blieb stehen und kaute auf ein paar Heuhalmen herum.

»Oh nein!«, stöhnte Brendan.

»Scht!«, machte Michael. »Warte!«

Der Hengst lag still im Stroh. Er sah aus, als wolle er sich herumrollen und schlafen, doch plötzlich stemmte er mit einer gewaltigen Anstrengung erst das eine, dann das andere Bein auf den Boden, bis er endlich stand. Nur mühsam konnte er das Gleichgewicht halten. Torkelnd und zitternd, brachte er sich an die Seite der Stute. Glengarry senkte den Kopf und begann das Fohlen zu beschnuppern – seinen Rücken, seine Schultern, seine Brust, seine Beine –, sie strich mit ihrer weichen Nase über sein Fell und nahm seinen Geruch auf. Dann stupste sie ihn liebkosend gegen den Kopf. Das Fohlen stakste eifrig auf den Bauch der Stute zu. Sie zwickte den Kleinen sanft. Dann liebkoste sie ihn noch einmal, erkannte an ihm ihren eigenen Geruch und den Geruch ihrer Milch. Sie ließ sich Zeit, doch schließlich hob sie den Kopf und erlaubte dem Hengst zu saugen. Er schien verwirrt, aber er war hungrig, erschöpft und schwach. Es kam nur sehr wenig Milch, doch der kleine Hengst hatte angefangen zu trinken.

Michael seufzte vor Erleichterung. Brendan stieß die Faust in die Luft und formte mit den Lippen ein lautloses »Jaaa«. »Das ist das Größte, was ich je gesehen habe«, flüsterte er voll Bewunderung.

Michael lächelte. Brendan erinnerte ihn sehr daran, wie er selber in diesem Alter gewesen war. Der Junge liebte Tiere und er war gut zu ihnen.

»Wir sind noch nicht über den Berg, Brendan. Vielleicht weist sie ihn trotzdem noch ab. Und dass sie genug Milch für ihn hat, können wir auch nur hoffen.«

»Oh!« Brendan machte ein langes Gesicht.

»Komm, wir wollen zusehen, dass wir vor dem Morgenritt noch eine Mütze voll Schlaf kriegen.«

Die beiden Stallburschen schlossen leise die Tür hinter der Stute und dem neuen Fohlen und gingen langsam zu ihrer Dachkammer zurück. Morgenlicht zog sich in Streifen über den Himmel und kündigte einen neuen, arbeitsreichen Tag an.

Aus Ragusas Stall kam kein Laut. Michael sah kurz

hinüber, während er die schmale, knarrende Treppe hinaufstieg. Wie eng in einer einzigen Nacht Leben und Tod beieinander liegen konnten!

Morning Boy

Wegen des Verlusts der wertvollen Stute hatte Toss Ärger mit George Darker. Er schimpfte über die heillose Ungerechtigkeit und ließ sich die Vorhaltungen des Gutsverwalters nicht gefallen – schließlich hatte Darker seine, Toss', rechtzeitigen Warnungen wegen Ragusa in den Wind geschlagen.

Lord Buckland persönlich kam zu den Ställen. Er hatte Ragusa geliebt. »So ein gutes Pferd!«, sagte er traurig. »Hat in ihren Tagen etliche bedeutende Rennen gewonnen und wir hatten manch prächtiges Fohlen von ihr.«

Doch es nützte alles nichts, sie mussten trotzdem nach dem Abdecker schicken und den Kadaver wegkarren lassen. Michael achtete darauf, dass Brendan gerade anderswo zu tun hatte; der Junge war schon verstört genug.

Auch Miss Felicia, die jüngste Tochter des Hauses, tauchte bei den Ställen auf. Sie hatte gehört, dass es ein neues Fohlen gab. Es war strengstens angeordnet worden, dass Ragusas Tod ihr gegenüber mit keinem Wort erwähnt werden durfte. Nichts sollte die Freude der Elfjährigen bei der Besichtigung des neuen Pferdes trüben.

»Ich dachte, der Stall der Stute ist hier!«, sagte Felicia zu Michael und zeigte auf Ragusas leeren Stall. Michael brachte kein Wort hervor.

Das kleine Mädchen klatschte in die Hände, als sie den kleinen Braunen und die Fuchsstute nebeneinander sah. »Oh! Ist der niedlich! Ganz wunderschön! Aber seiner Mutter sieht er kein bisschen ähnlich!«, stellte sie fest.

»Vielleicht schlägt er eher seinem Vater nach«, meinte Michael, um eine schlüssige Erklärung bemüht.

Er konnte Miss Felicia gut leiden. Sie verbrachte die Hälfte ihrer Freizeit in den Ställen und war ein richtiger kleiner Wildfang. Ihre ältere Schwester Rose war ungefähr in Michaels Alter und eine Schönheit, aber sie setzte kaum mal einen Fuß auf das Stallgelände, es sei denn, sie brauchte eine Kutsche. Sie interessierte sich in keiner Weise für Pferde, oder gar für die Stallburschen, Knechte und Jockeys, die für ihren Vater arbeiteten.

»Michael! Hörst du nicht? Welches Pferd in den Ställen meines Vaters findest du am schönsten?«, wollte Felicia wissen. Sie ließ das neue Fohlen an ihren Fingern nuckeln.

»Nun, das lässt sich nicht so einfach sagen, Miss, es hängt davon ab, wofür man das Pferd braucht. Samson und Jolly sind die zwei besten Ackergäule, die man finden kann, und die beiden Grauen Ihres Vaters gelten als die besten Kutschpferde im ganzen Bezirk. Ihr Vater schätzt Old Tom, wenn er mal einen ganzen Tag lang auf die Jagd gehen will – er sagt immer, ob Regen, Wind oder Hagel, Old Tom lässt ihn nie im Stich. Und Sie selber … erinnern Sie sich, dass es Ihnen Markey mal ganz besonders angetan hatte?«

»Markey ist kein Pferd«, sprudelte das Mädchen heraus. »Markey ist ein Esel.«

»Na, das war aber gar nicht so wichtig, als Sie klein waren. Da haben Sie ihm immer heimlich Karotten und Äpfel gebracht.«

Felicia kicherte. »Welches also?«, bohrte sie und schüttelte sich die hellbraunen Locken aus dem Gesicht.

»Manche sind schnell. Jerpoint ist sehr schnell. Nero hat schon vier Rennen gewonnen, und Toss meint, in dieser Saison könnte Juno gute Chancen haben.«

»Und?«

»Also, ich mag diesen Kleinen hier«, sagte er und nickte zu dem Hengst hin.

Felicia ließ ihre weiße Handfläche über das Fell des Fohlens gleiten. »Er ist ein bisschen klein und ein bisschen wacklig«, erklärte sie, »aber er gefällt mir auch gut. Wie heißt er?«

Michael zog die Schultern hoch. »Er ist erst heute

Morgen geboren, Miss, ganz früh. Toss hat noch keine Zeit gehabt, mit Ihrem Vater darüber zu sprechen.«

»Heute Morgen!«

Michael nickte. Er versuchte die Erinnerung an Ragusa beiseite zu schieben.

»Dann ... sollten wir ihn Morning nennen, finde ich ... Morning Boy. Ich will es gleich Vater sagen.«

Michael lächelte. Was die junge Dame auch vorschlug, ihr Vater ging gewöhnlich darauf ein. Henry Buckland hatte keine Söhne und war schlichtweg vernarrt in seine beiden Töchter, besonders in Felicia, die ihm wie ein Hündchen ständig nachlief.

»Felicia! Du sollst sofort reinkommen!« Gleichzeitig drehten sich Michael und Felicia um und entdeckten Rose, die am Tor des kopfsteingepflasterten Hofes stand.

»Mary lässt dir schon das Badewasser ein und du musst dich noch umziehen. Mutter ist sehr ungehalten.«

»Ich komme ja gleich«, brummte Felicia ärgerlich und drückte einen Kuss auf Morning Boys Nase.

»Sofort!«, beharrte die ältere Schwester, die nur ungern auf den Pflastersteinen herumlief – wie leicht konnte man in einen Haufen Pferdeäpfel treten.

Felicia stellte sich auf die Zehenspitzen. »Röschen-Zimperlieschen Buckland«, rief sie, »ich bin sofort da!«

Michael unterdrückte ein Schmunzeln. Miss Felicia erinnerte ihn sehr an seine jüngere Schwester Peggy. So voller Schwung. Die arme Rose war puterrot angelaufen und rannte mit wehendem Rock, so schnell sie konnte, zurück zur Allee. Das große Gutshaus stand am Ende der mit Rhododendren gesäumten Auffahrt.

Michael musste daran denken, wie er als junger Bursche zum ersten Mal auf das Gut von Castletaggart gekommen war, um hier in den Ställen zu arbeiten. Er hatte sich nur schwer vorstellen können, dass jemand in so einem prachtvollen Haus wohnen konnte, in einem Haus mit hunderten von blitzenden Fensterscheiben, gemeißelten Ziersimsen und breiten Treppen aus Granit. In den sechs Jahren, die er nun schon auf dem großen Anwesen arbeitete, hatte Michael so viel gelernt – nicht nur über Pferde, auch über das große Haus und den Gutsbetrieb.

Am Anfang hatte ihn Toss nur die Ställe sauber machen lassen, nichts als ausmisten – die schlechteste Arbeit auf dem ganzen Gut. Michael hatte gebettelt, auch mal reiten zu dürfen, und jedes neue Nein hatte ihn mit bitterer Enttäuschung erfüllt. Immerhin, an Michaels Arbeit hatte Toss nichts auszusetzen gehabt.

»Ich beobachte dich!« Mehr hatte Toss nicht gesagt.

Offensichtlich hatte Michael erst beweisen müssen, dass er mit Pferden umgehen konnte, bevor man ihm eins der Buckland-Pferde anvertraute. Doch als es so weit war, hatte Toss ihm seine Chance gegeben.

Das Guthaus von Castletaggart war zweifellos das vornehmste Haus ringsum und Lord Henry Buckland ein sehr wohlhabender Mann. Jeder Fisch, der in Fluss oder See schwamm, jede Kuh, die auf den weiten grünen Wiesen graste, jeder Fasan und jede Schnepfe, die im Dickicht nisteten, jeder Apfel oder Kohlkopf, den die üppige braune Erde hervorbrachte, alles gehörte zu den unermesslichen Besitzungen der Bucklands. Auf dem Gut gab es etwa vierzig Pächterhütten für die Arbeiter und ihre Familien. Die Pächter bewirtschafteten das Landgut und erhielten dafür ein Stückchen Acker zugeteilt, auf dem sie jedoch nur so wenig anbauen konnten, dass es kaum für den Unterhalt ihrer Familien reichte.

Michael beobachtete immer, wie diese Männer – junge, alte und solche in mittleren Jahren –, die Mütze in der Hand, zum Büro des Gutsverwalters kamen, wie sie davor Schlange standen, um ihre Pacht zu bezahlen und ihre Abgaben zu entrichten. Sie erinnerten ihn an seinen Vater vor langer Zeit: der gleiche versteinerte Ausdruck in den Gesichtern, ihre Blicke starr, ihre Herzen verhärtet. Vermutlich hatten sie nicht auf die flehentlichen Bitten Ihrer Frauen und Kinder gehört, ein paar Shilling zurückzubehalten für den Fall, ein harter Winter stünde bevor oder Krankheit bräche über sie herein oder schlimmer – Gott möge es verhüten –, die Kartoffeln würden wieder eingehen. Nein, diese Männer zahlten den Teil, der von ihnen verlangt wurde, sie gaben das Geld ab, das sie verdient, die Ernte, die sie erwirtschaftet und die Tiere, die sie aufgezogen hatten.

Es blieb ihnen keine Wahl.

George Darker, der Gutsverwalter, trug die Zahlen in

große braune Geschäftsbücher ein. Er behandelte die Pächter nicht gerade höflich, wenn er mit einem schmutzigen Finger auf die Seite tippte, um ihnen zu zeigen, wo sie unterschreiben oder ihr Zeichen hinsetzen mussten.

Gelegentlich, wenn Lord Henry Lust hatte, gesellte er sich Pfeife rauchend zu den Männern und ließ sich zu einer höflichen Unterhaltung herab.

Michael fiel auf, dass sich unter den Pächtern ein wachsendes Gefühl von Unbehagen breit machte. Er hörte zu, wenn sie sich hinter geschlossenen Türen und in überfüllten Schänken miteinander unterhielten. Was würde aus all dem Gerede noch entstehen? Diese Männer wollten eine Veränderung ihrer Lebensbedingungen …

»Michael! Hörst du mir zu?«

Michael senkte den Blick.

Ungeduldig sah Felicia zu ihm auf. »Morgen Nachmittag nach dem Unterricht komme ich Morning Boy wieder besuchen.«

»Schön, Miss.«

Sie rannte über den Hof, schwenkte, vor sich hin summend, das Tor auf und gab sich dann die größte Mühe, ihre Schwester einzuholen und ein artiges Mädchen zu sein.

Zu Besuch

Mary-Brigid machte gern Besuche, selbst wenn sie sich dafür das Haar bürsten und straff nach hinten in zwei feste Zöpfe flechten lassen musste. Während sie ihrer Mutter über das holprige Sträßchen zu Hennessys Hütte folgte, schüttelte sie wild mit dem Kopf und ließ sich die Zöpfe gegen die Wangen klatschen. Eily ging mit Jodie auf der Hüfte schnellen Schritts voraus. Die Hecken strotzten von roten, in üppigen Büscheln herabhängenden Fuchsien und darunter sprießten überall stachlige orangefarbene Blumennester. Es war ein herrlicher Tag für einen Spaziergang und bis zur Hütte der Freunde war es nur noch etwa eine halbe Meile. Mary-Brigid freute sich darauf, die Hennessy-Jungen wieder zu sehen – es waren schon seit einer Weile Schulferien und sie vermisste ihre Freunde.

Die Hütte der Hennessys war etwas größer als ihre eigene. Während sie näher kamen, bemerkte Mary-Brigid unwillkürlich, dass das Strohdach stellenweise geflickt und die Fenster dringend ausgebessert werden müssten. Geduldig wartete sie, als ihre Mutter vor der offenen Tür stehen blieb und rief: »Hallo, Frances! Gott segne euch und euer Haus.« Danach traten sie in die nach Torf riechende, unaufgeräumte Küche.

»Eily! Ich freue mich, dich und die Kinder zu sehen«,

sagte Frances Hennessy. »Und wie geht's Mary-Brigid, dem besten Mädchen weit und breit?«

»Danke, gut, Mrs Hennessy!«, antwortete Mary-Brigid schüchtern.

»Setzt euch! Setzt euch!« Frances war gerade dabei, Colm, ihren jüngsten Sohn, zu füttern, der mit seinem hellen rötlichen Haarschopf und der sommersprossigen Nase das Ebenbild seiner Mutter war. »Ich gieße gleich Tee auf.«

Jodie war im Nu mit dem kleinen Eoin verschwunden, der ungefähr so alt war wie er.

Von Mary-Brigids Freunden, den Zwillingen, war allerdings keine Spur zu sehen, deshalb blieb sie still und verlegen sitzen, während ihre Mutter mit Frances plauderte.

»Die Zwillinge werden gleich kommen, Kindchen«, sagte Frances, »und sie wollen dir was ganz Besonderes zeigen.« Sie legte lachend den Kopf in den Nacken und machte sich anscheinend überhaupt nichts aus dem schmutzigen Fußboden und dem Durcheinander ungewaschener Kleidungsstücke, die in einem Haufen in der Ecke lagen. Sie freute sich über ihre Gäste.

»Das Feuer ist ein bisschen niedrig, Mary-Brigid, willst du ein liebes Kind sein und mal rauslaufen und uns etwas Torf holen?«

Draußen betrachtete Mary-Brigid das dürftige Häuflein ausgetrockneten, alten Torf, das neben dem Haus auf der Erde lag. Ihr Daddy arbeitete, sooft er konnte, oben im Moor und hatte für den Winter schon einen Torfstoß fast bis zum Kamin neben ihrem Haus aufgestapelt. Die Hennessys würden sich noch viel Torf holen müssen, da sie mit Sicherheit nicht genug hier hatten, um durch das Jahr zu kommen.

Sie raffte vier nicht allzu krümelige Torfstücke auf und trug sie in die Hütte, wo ihre Mutter und Frances in ihr Gespräch vertieft waren.

»Kein Penny ist im Haus, Eily. Paddy schafft's nicht mal, uns genug Torf zu stechen, bevor das schlechte Wetter kommt.« Frances klang jetzt eher verstört.

»Vielleicht kann euch John etwas bringen«, bot Eily an. »Wir haben genug.«

»Das ist lieb von dir. Der arme Paddy ist zurzeit nicht er selbst.« Frances weinte fast. »Der neue Eigentümer ist mit William Hussey, seinem Verwalter, bei uns gewesen und die beiden hielten Paddy eine Standpauke wegen der Erträge und wegen des Distelackers da draußen.«

»Jeder hier weiß, dass auf diesem Feld schon seit Jahren nichts als Disteln wachsen«, fuhr sie fort. »Der Verwalter sagt, dass Paddy das Land nicht richtig bearbeitet, dass er nicht genug anbaut, nicht genug Pacht zahlt … Ich sag dir, Eily, Paddy ist total aus dem Lot, er ist wütend; wer weiß, auf was für dumme Gedanken er noch kommt.«

Angestrengt versuchte Mary-Brigid zu verstehen, worüber die beiden Frauen sprachen. Nach dem Gesicht und dem Tonfall ihrer Mutter musste es etwas Schlimmes sein.

»Der neue Eigentümer, Frances, was ist das für einer?«, fragte Eily.

»Dennis Ormonde? Ein Streithammel!«, sagte Frances. »Der will, dass wir wie Sklaven schuften, damit wir ihm höhere Pacht zahlen können.«

»Höhere Pacht?«, japste Eily.

»Genau! Paddy befürchtet, Hussey wird alles dransetzen, dass wir unseren Pachthof aufgeben müssen, und dann wird er uns hier rausschmeißen.«

»Das kann er doch nicht tun! Das wird er nicht tun!«, rief Eily.

»Denk an meine Worte, Eily. Wer weiß, was dieser Mann den Pächtern noch alles zumutet!«, rief Frances aufgebracht und schüttelte ihren wuscheligen Lockenkopf.

Lautes Gepolter unterbrach das Gespräch, als die Zwillinge Pascal und Patsy endlich auf der Bildfläche erschienen. Beide waren schmutzig und zerzaust, doch das störte Mary-Brigid kein bisschen. Sie sprang auf und lief ihnen entgegen, sie wollte weg von der ernsten Unterhaltung der Mütter.

»Mum, dürfen wir Mary-Brigid mit zu Mo nehmen?«, fragten sie.

»Na gut!«, nickte ihre Mutter, deren Miene sich beim Anblick der zwei neunjährigen Rabauken aufgehellt hatte. »Ich verlasse mich auf euch Jungs, dass ihr gut auf sie achtet und sie mit euren Dummheiten verschont.«

Ein empörter Ausdruck zog über die beiden Gesichter, die einander glichen wie ein Ei dem andern – sie dachten ja wohl nicht im Traum daran, irgendwelche Dummheiten zu machen.

»Also dann raus mit euch dreien«, sagte Frances lachend, »und lasst Eily und mir mal bisschen Ruhe!«

Mary-Brigid war außer Atem, nachdem sie eine Stunde oder länger mit den Zwillingen herumgetobt hatte. Alles führten sie ihr vor: den morastigen Tümpel am Wassergraben, in dem es Frösche gab, die große Eiche, von der Patsy behauptete, er sei hinaufgeklettert und hätte oben ein Krähennest entdeckt; sie zeigten ihr den Brunnen, der so tief war, dass man, wenn man einen Stein hineinwarf, ihn nicht aufprallen hörte. Doch das Allerbeste hoben sich die Zwillinge bis zuletzt auf: Mo, die Hofkatze, hatte Junge und Pascal und Patsy nahmen Mary-Brigid mit zum alten Schuppen. In dem Moment, als sie die vier kleinen Pelzknäuel sah, die sich eng an ihre große orangefarbene Mutter kuschelten, hatte sich Mary-Brigid schon in die Kätzchen verliebt.

»Willst du mal eins halten?«, fragte Patsy.

Mary-Brigid nickte. Ein besonders mutiger kleiner Bursche strampelte sich von dem Lager aus alten Säcken frei, kam heran, schnupperte an Mary-Brigids Fingern und ließ sich streicheln. Sie konnte spüren, wie sich das orangefarbene Kätzchen mit seinen winzigen Krallen in der Wolle ihrer Strickjacke festklammerte, als sie es an sich drückte.

»Du bist mein Lieblingskätzchen!«, wisperte Mary-Brigid ihm ins Ohr, als das Kleine die Pfote ausstreckte, um nach ihrem Zopf zu angeln. Am liebsten hätte sie das kleine Kätzchen für immer auf dem Arm gehalten und nie mehr losgelassen.

Es war fast Abendbrotzeit, als sie zur Hütte zurückliefen.

»Wir sterben vor Hunger, Mummy!«, riefen die Jungen.

»Wollt ihr bleiben, Eily, und eine Kleinigkeit mit uns essen?«, bot Frances an.

»Vielen Dank, Frances, aber zu Hause steht Nano am Herd und rührt schon im Kanincheneintopf«, sagte Eily.

Mary-Brigid spürte, wie müde und besorgt ihre Mutter war.

»Hab keine Angst, Frances«, fuhr Eily fort, »gegen den Pächterverband kommt William Hussey damit nie durch. Hör zu, morgen Früh schicke ich John mit dem Torfkarren rüber und vielleicht kann er mal mit Paddy reden.«

Die beiden jungen Frauen umarmten sich.

»Du bist eine gute Freundin, Eily«, murmelte Frances mit Tränen in den Augen. »Das werde ich dir nie vergessen!« Sie drehte sich nach den Zwillingen um. »Patsy, hast du geholt, was ich gesagt habe?«

Die Zwillinge verschwanden, waren aber innerhalb von Sekunden mit dem orangefarbenen Kätzchen wieder da und ließen es in die Arme der hochentzückten Mary-Brigid plumpsen.

»Was sagst du, Mary-Brigid?«, half Eily nach.

»Danke! Oh, vielen Dank, Mrs Hennessy. Ich verspreche, dass ich gut auf das Kätzchen aufpassen werde.«

Die Hennessys blieben an der Tür stehen, bis Eily, Mary-Brigid und Jodie außer Sicht waren. Eily war still und in sich gekehrt, Jodie schläfrig und an der Schulter seiner Mutter fast eingedöst – so trotteten sie heimwärts. Mary-Brigid gab sich alle Mühe, die schlechten Nachrichten und Sorgen, von denen sie unfreiwillig gehört hatte, mit der wohligen Wärme des kleinen Kätzchens unter ihrer Strickjacke zu verdrängen.

»Mal sehen, was Maisie von ihm hält!«, sagte sie laut.

Greenbay, Boston

Peggy O'Driscoll war fertig, einfach fix und fertig. Sie hatte im Hause Rushton – in Greenbay, Boston – jeden Fußboden, jede Tür und jedes Möbelstück gewaschen, gescheuert und auf Hochglanz poliert. Schon die ganze letzte Woche hatte sie von Sonnenaufgang bis Sonnenuntergang gearbeitet. Die arme Köchin, Mrs O'Connor, hatte sich vor Erschöpfung und Müdigkeit auf ihren großen Küchenstuhl sinken lassen. Normalerweise hätte Peggy über die lauten Schnarcher gekichert, heute aber wusste sie, dass die Köchin – wie alle anderen – völlig ausgelaugt war von den Vorbereitungen für Miss Roxannes Hochzeit.

Kitty, das andere Dienstmädchen, war zurzeit die Hochnäsigkeit in Person, weil sie Roxanne bei der Aussteuer half, mit ihr zusammen einpackte und Hochzeitsgeschenke ordnete.

Peggy trödelte in der Küche herum. Sie holte sich ein Glas Wasser und ein Haferplätzchen.

»Mrs O'Connor! Mrs O'Connor!« Behutsam rüttelte sie die Frau am Arm. »Es ist wohl Zeit zum Schlafengehen!«

Die alte Köchin gähnte. »Bin ich etwa schon wieder eingeschlafen, Peggy?«

»Hm.«

»Ach Peggy, ich bin völlig erledigt. Schließlich werde ich nicht jünger. Gott sei Dank, dass die Rowans nur *eine* Tochter verheiraten müssen! Mehr von ihrer Sorte könnte ich nicht verkraften.«

Peggy verzog das Gesicht. Mehr von Roxannes Sorte! Allein der Gedanke war unerträglich. Roxanne war eines der eitelsten, lästigsten und unangenehmsten Geschöpfe überhaupt; Mrs O'Connor meinte, es wäre ein Wunder, dass sie heiratete. Welcher junge Mann würde sich schon mit ihren Wutanfällen abfinden, mit ihren Allüren, ihrer Eitelkeit und Selbstgefälligkeit?

Trotz allem hatte Roxanne einen gefunden. Er hieß Fletcher P. Parker. Peggy hatte ihn ein paarmal gesehen.

Er war ungefähr acht Jahre älter als Roxanne und mittelgroß. Er hatte lockiges blondes Haar, seine Haut war bleich und ein wenig fleckig. Er war Rechtsanwalt und kam aus Baltimore. Einmal hatte er ein Geschäft mit Mr Rowan abgeschlossen und war anschließend ins Haus zum Essen eingeladen worden. Miss Roxanne hatte neben ihm gesessen. Er hatte sich angeregt mit ihr unterhalten, und Peggy hatte mit Fortschreiten des Dinners beobachtet, wie ihm die junge Tochter des Hauses auf schamlose Weise schöne Augen gemacht hatte.

»Der Fisch hat angebissen!« Das war Mrs O'Connors ganzer Kommentar gewesen.

Mr und Mrs Rowan schienen es nicht ungern zu sehen, dass Fletcher Parker Roxanne auf Bälle begleitete, mit ihr in die Oper ging, auf Abendgesellschaften und Picknicks.

Schließlich hatte die Sache zu ihrer Verlobung geführt und nun zu ihrer Hochzeit.

»Hilf mir vom Stuhl hoch, Mädchen! Meine Hüfte spielt mal wieder verrückt!«

Peggy half Mrs O'Connor auf die Beine. So dicht über ihr konnte sie die Runzeln und Lachfältchen erkennen, die sich wie ein Muster über das rundliche rosa Gesicht der Köchin zogen.

»Bevor Sie morgen Früh aufstehen, Mrs O'Connor, bringe ich Ihnen eine Tasse Tee. Es wird ein langer Tag werden.«

»Danke, Peggy, Kind! Das wäre wunderbar. Du weißt ja, dass du das netteste Mädchen bist, das ich kenne.«

Peggy lächelte. Dann verließen sie die dunkle Küche und die Speisekammer mit den ausladenden Schränken, die für die morgige Hochzeit bis zum Bersten mit den köstlichsten Speisen gefüllt waren.

Seufzend stieg Peggy die schmale Holzstiege zu ihrer Bodenkammer hinauf. Hoffentlich schlief Kitty schon. Peggy war zu müde, sie wollte nicht mehr plaudern und schon gleich gar nicht über die Hochzeit.

Aber Kitty saß auf ihrem Bett und war dabei, ihr glattes, feines Haar auf Stoffstreifen zu drehen.

»Peggy! Bei den hinteren Strähnen musst du mir helfen«, sagte Kitty.

»Es ist schon so spät!«, sagte Peggy gähnend. »Warum frisierst du dich eigentlich um diese Zeit?«

»Ich will morgen Locken haben, damit mein Haar weicher aussieht«, sagte das andere Mädchen sehnsüchtig.

»*Du* heiratest doch nicht!«, schnappte Peggy.

»Aber ich bin dabei und das ist was Besonderes. Ich bin ihre rechte Hand«, machte sich Kitty wichtig.

Peggy musste ein Lachen unterdrücken. »Komm her,

du albernes Ding, und gib mir ein Stückchen Stoff«, sagte sie und griff nach einer der mausbraunen Haarsträhnen ihrer Freundin. Sie wickelte die Strähne um ihren Finger und band sie dann mit einem Stoffstreifen zusammen.

»Peggy! Ich muss dir was sagen.«

»Hmmm«, machte Peggy und teilte eine neue Strähne ab.

»Versprich mir, dass du nicht böse wirst!«

»Versprochen.«

»Roxanne hat mich gebeten, mit ihr und Mister Fletcher Parker nach Baltimore in das neue Haus zu ziehen und bei ihnen zu arbeiten.«

Peggy ließ die Haarsträhne aus der Hand gleiten. »Ich hoffe, du hast Nein gesagt, Kitty!«

Drückendes Schweigen hing zwischen ihnen.

»Das ist es eben, Peggy. Ich hab Ja gesagt, und dass ich gern mitgehe.«

»Was? Du idiotische, kleine ... Bist du verrückt? Für dieses zänkische Weib arbeiten? Sie wird dich grün und blau schlagen, dich anschreien und dir das Leben zur Hölle machen!«

»Aber ich werde doch ihr persönliches Dienstmädchen sein – mit höherem Lohn – und dazu noch so was wie Erste Wirtschafterin. Sie will außerdem eine Köchin und ein Küchenmädchen anstellen. Sie sagt, ich kann sie bei der Haushaltsführung und solchen Dingen beraten.«

Peggy schluckte den Neid hinunter, der ihr als dicker

Kloß im Hals saß. Es war lächerlich – Kitty und jemanden *beraten*! Es war einfach zu lächerlich.

»Und was ist mit den Haushaltsbüchern und Rechnungen?«, erkundigte sich Peggy.

»Die Bücher will Miss Roxanne selber führen, aber mit dem täglich anfallenden Kram müsste ich schon allein zurechtkommen«, sagte Kitty. »Das habe ich allein dir zu verdanken, weil du mir Lesen und Schreiben beigebracht hast!«, ergänzte sie.

Tränen stiegen Peggy in die Augen. Kitty ging weg und ließ sie allein hier sitzen! »Kitty! Wirst du denn das Haus und Greenbay nicht vermissen?«, fragte Peggy. Doch eigentlich wollte sie sagen: Wirst du mich nicht vermissen?

»Aber ich komme ja wieder. Miss Roxanne wird ihre Eltern oft besuchen und ich werde natürlich mitfahren.« Zaghaft sah Kitty die Freundin an. »Dann komme ich doch zu dir, Peggy. Du wirst ja wohl nicht denken, ich vergesse meine beste und liebste Freundin.«

Peggy schluckte schwer. Sie ließ ihren Blick durch das kleine Zimmer wandern, über die zwei Messingbetten und den kalten Linoleumboden. Sie betrachtete das Waschgestell mit dem Krug und der Schüssel. Das Fenster mit dem massiven Riegel – ihr Auge zur Welt. Den Glaskrug mit den jetzt vertrockneten Blumen. Die beiden Mustertücher, an denen sie beide mit buntem Stickgarn wochenlang gearbeitet hatten und die an der Wand über ihren Betten hingen: ÜB IMMER TREU UND

REDLICHKEIT und FREUNDSCHAFT IST EIN GESCHENK. Ohne Kitty konnte sich Peggy diese Kammer gar nicht vorstellen.

Damals, als Peggy hierher gekommen war, heimwehkrank und unglücklich über den Verlust ihrer irischen Heimat, war es Kitty gewesen, die sie wieder zum Lachen gebracht und die ihr geholfen hatte, sich in diesem neuen Leben zurechtzufinden.

»Oh Gott, Kitty, du wirst mir so fehlen«, schluchzte Peggy. Die beiden Mädchen fielen einander um den Hals. »Es wird so einsam sein hier ohne dich.«

Die Hochzeit

Sonnenschein überflutete ganz Greenbay und tanzte und flirrte durch jedes Fenster von Rushton House. Das große Anwesen prangte im Glanz eines besonderen Festtages. Der Garten stand in voller Blüte, rosa Rosen hingen an Spalier und Laube und rankten bis dicht an die Eingangsveranda und über die Terrasse. Girlanden aus weißen Magnolienblüten schmückten die großen Bäume vor dem Haus. Schon seit Monaten hatte die Herrin den Rasen von einem Trupp Gärtner in Schuss halten und die Blumenbeete üppig bepflanzen lassen, sodass nun kein Unkraut zu sehen war, nur ein Meer überwältigender Farben.

Es geht nichts über eine Hochzeit im Sommer, dachte Peggy wehmütig und sah kurz über den prächtigen Garten hin.

Kitty und sie waren seit Anbruch der Morgendämmerung auf den Beinen. Kitty war so aufgeregt, man hätte glauben können, sie sollte Brautjungfer sein oder dergleichen, fand Peggy. Früh am Morgen nahmen sie in der Küche hastig eine Mahlzeit zu sich. Die Familienmitglieder bekamen ihr Frühstück auf Tabletts in ihre Zimmer gebracht, weil sowohl der Esstisch als auch der Frühstückstisch schon für das Hochzeitsfestessen gedeckt waren.

Peggy konnte ein Gähnen nicht unterdrücken. Sie hatte fast die ganze Nacht an Kittys Abreise denken müssen und kaum ein Auge zugetan.

Von dem Moment an, als Mrs O'Connor die Küche betrat, schien das gesamte Hauspersonal wie vom Sog eines Wirbelwinds erfasst.

Der kleine Simon wurde mit Zitronentee für die Damen treppauf und treppab geschickt. Er versorgte das Küchenpersonal mit den aktuellen Neuigkeiten aus der oberen Etage: »Mama hat Migräne« – »Roxanne meint, dass ihre Füße geschwollen sind und dass ihr jetzt die Schuhe nicht mehr passen« – »Papa kann seine neuen Kragenknöpfe nicht finden!«

Mrs Whitman, die Haushälterin, beaufsichtigte die

Anlieferung frischer Blumen und gekühlten Weißweins, das Überbringen letzter Hochzeitsgeschenke und Glückwünsche, und gleichzeitig zeigte sie den eintreffenden Verwandten der Rowans die Zimmer, in denen sie übernachten sollten.

Zum Glück erwischte Peggy Bonaparte, den Halunken von einem Hund, der sich unter dem schweren Leinentischtuch der Festtafel versteckt hatte und an einem alten Knochen nagte! Was hätte das für einen Tumult gegeben, wenn einer der Gäste die Hand nach einer zu Boden gefallenen Serviette ausgestreckt und bei der Gelegenheit einen alten, halb vergammelten Hundeknochen entdeckt hätte!

»Raus mit dir, du schlimmer Hund!«, rief Peggy und passte auf, dass er schnurstracks durch das Speisezimmer lief und durch die Schiebetüren hinaus in den Garten verschwand.

Gegen Mittag beschlug der Dampf bereits die Küchenwände und tropfte zu Boden. Peggy wischte alle paar Minuten mit dem Mopp auf, doch es war vergebliche Mühe. In der Hoffnung auf einen schwachen, kühlenden Lufthauch ließ man alle Türen offen stehen.

Es waren keine Kosten gescheut worden: Da gab es Rinderschmorbraten, Hähnchen in heller Sahnesauce und Hummer, von dem die Butter troff. Es gab kleine neue Kartoffeln, Mais, Salat und alle möglichen Sorten Gemüse. Kein Gast würde hungrig von der Hochzeitstafel aufstehen – dafür hatte Mrs O'Connor gesorgt. Sie kontrollierte die üppig beladenen Seitentische, auf denen Törtchen, glasierte Kuchen und mit Schnaps reichlich getränkte Obsttorten die Blicke auf sich zogen. Hochzufrieden mit ihrem Werk, winkte die Köchin Peggy heran.

»Ich geh mich umziehen, Peggy, du behältst hier alles im Auge, ja?« Die Bluse klebte feucht an Mrs O'Connors molliger Gestalt und ihr Gesicht war rot und erhitzt von der vielen Kocherei. Peggy nutzte die Gelegenheit und ließ sich auf einen Hocker neben der Hintertür fallen.

Kurz darauf kam Mrs O'Connor zurück, sie hatte sich frisch gemacht und trug jetzt eine gestärkte weiße Baumwollbluse. »So ist's schon besser, Peggy, jetzt fühle ich mich wie eine neue Frau. Komm, Miss Roxanne ist angekleidet.«

Die Köchin und Peggy betraten die überfüllte Eingangshalle, gerade als die Braut über die gewundene, gebohnerte Treppe herunterkam.

Peggy musste zugeben, dass Roxanne Rowan heute, an ihrem Hochzeitstag, für alle Welt wie ein Engel aussah. Ihr blondes Haar, das am Hinterkopf in Locken um einen Zweig Rosenknospen gesteckt war, umspielte in sanften Wellen das Gesicht. Ihr Kleid war aus glatter, weißer, reiner Seide mit winzigen Perlenknöpfen auf dem Vorderteil und zwischen Ärmelstulpen und Ellbogen. Der Stoff schmiegte sich um Roxannes schlanke Gestalt und fiel in weichen Falten um ihre Füße. Ihre Haut schimmerte und ihre Augen leuchteten vor Glück.

Ein »Aah!« der Bewunderung stieg auf, als das versammelte Hauspersonal Roxanne in ihrer Schönheit erblickte.

»Viel Glück, Miss Roxanne!«, sagte Mrs O'Connor strahlend und umarmte sie.

»Alles Gute für Sie und Mister Fletcher Parker«, sagte Miss Whitman, das schmächtige Gesicht voll Eifer, als sie der Braut die Hand drückte.

Peggy war wie versteinert. Nun war sie an der Reihe. Normalerweise hatte sie Roxanne gegenüber immer nur etwas genuschelt und so wenig wie möglich zu dem Mädchen gesagt, das ihr einst das Leben so schwer gemacht hatte – dieses Mädchen, das Spott und Hohn über ihr ausgegossen und sie sogar des Diebstahls beschuldigt hatte. Eine leichte Röte stieg dem anderen Mädchen jetzt in die Wangen. Peggy hob den Blick und sah in Roxannes hellblaue Augen. Sie erkannte darin Glück und Erwartung, Unsicherheit und Traurigkeit – alles durcheinander. Sie waren keine Feindinnen mehr.

»Ich wünsche Ihnen Glück und viel, viel Gutes für die Zukunft, Miss Roxanne, das wünsche ich Ihnen wirklich!«, sagte Peggy herzlich.

Roxanne lächelte. »Danke, Peggy, das ist nett von dir«, sagte sie und drückte Peggys Hand, bevor sie sich dem nächsten Gratulanten zuwandte.

Peggy blinzelte. Sie wunderte sich über sich selbst. Sie hatte es wirklich so gemeint: Sie wünschte diesem Mädchen, das ihre Mutter und ihren Vater verließ und mit Mr Fletcher Parker in ein neues Leben aufbrach, nur Glück. Kitty, die auf der Treppe stand, fing Peggys Blick auf und zwinkerte ihr zu.

Mr Fletcher Parker und seine Familie sowie die anderen Gäste waren schon draußen im herrlichen Sommergarten von Rushton, denn dort sollte die Hochzeitszeremonie stattfinden. Man hatte eine schattige Stelle ausgewählt, wo Reverend Samuel Brooke bereits wartete.

Schweigen senkte sich über den Garten, als Roxanne am Arm ihres Vaters aus dem Haus trat und auf ihren zukünftigen Ehemann zuging. In der Küche standen Peggy, Kitty und Mrs O'Connor an der offenen Tür und lauschten den schlichten Worten aus der Bibel, die über die Hecke wehten. Nun war Roxanne Rowan verheiratet. Peggy und Kitty gingen hinaus und boten den Gästen einen erfrischenden Sommerpunsch an, bevor das Festessen serviert wurde.

Peggy spürte ihre Einsamkeit wie einen Stich, als sie sah, wie sich Kusinen und Tanten, Onkel und Enkelkinder umarmten und begrüßten. Sie dachte an Eily und Michael, an Tante Nano und alle anderen – ihre eigene Familie war so weit von ihr entfernt.

Mr Fletcher Parker stand neben der Braut. Heute sah er ausnahmsweise wirklich gut aus, während er nun mit seiner Braut die Gäste begrüßte und mit ihnen plauderte. Lachen erfüllte das Anwesen, drinnen wie draußen, als Familienangehörige und Freunde gemeinsam Roxannes Hochzeitstag feierten.

Die Sonne war schon am Untergehen und die Dunkelheit draußen wurde von Lampen erhellt, da stahlen sich die ersten Gäste allmählich davon. Peggy taten Rücken und Schultern weh nach dem langen Tag, sie wollte sich nur noch hinsetzen und ausruhen. Mrs O'Connor sank auf den Küchenstuhl und dankte Gott, dass alles so gut abgelaufen war. Die Köchin hatte viele Komplimente bekommen und ihre Zusammenstellung des Menüs war als sehr gelungen beurteilt worden.

Ungläubig starrten Peggy, Kitty und Miss Whitman auf die gewaltigen Stapel von schmutzigen Tellern, Gläsern und Platten, die noch abzuwaschen waren. Todmüde füllten sie immer wieder frisches Wasser in das Spülbecken und Peggy wusch und scheuerte stundenlang – so schien es ihr wenigstens –, während Kitty abtrocknete und Miss Whitman das saubere Geschirr wegräumte.

Peggy hatte keine Ahnung, wie spät es war, als sie endlich die Treppe zum Dachboden hinaufstiegen. Kitty ließ sich noch in ihrem Dienstmädchenkleid auf das Bett fallen, zog die leichte Decke über sich und war in der nächsten Sekunde eingeschlafen. Ihr ungleichmäßiges Schnarchen störte Peggy. Schon wollte sie aufspringen und die Freundin schütteln, da fiel ihr ein, dass Kitty bald fort sein würde und dass ihr dann vielleicht sogar noch das Schnarchen ihrer Arbeitskameradin fehlen würde.

Witwe O'Brian

»Mummy! Komm schnell!«, rief Mary-Brigid. »Alle Nachbarn kommen den Weg herauf!« So schnell sie konnte, rannte sie über den steinigen Pfad zum Haus, sie brannte darauf, die Neuigkeit zu erzählen.

Ihre Mutter stellte den fettigen Topf weg, den sie gerade scheuerte, spülte sich die Hände in sauberem Wasser ab und ging zur Tür, um nachzusehen. Sie konnte gerade noch einen Trupp Leute von hinten erkennen, die um die Wegbiegung verschwanden.

»Was haben sie denn gesagt, Liebling?«, fragte sie beunruhigt.

»Sie haben gesagt, Mummy, ›Das ist ein Schmiss.‹ Was bedeutet das?«, fragte Mary-Brigid, Ratlosigkeit in den dunklen Augen.

Ihre Mutter hielt sich die Hand vor den Mund. Bestimmt hatte das Kind nicht richtig verstanden.

»Was ist los, Eily? Was redet das Kind da?«, wollte

Nano wissen. Schwerfällig stemmte sie sich vom Küchentisch hoch, wo sie Teig geknetet hatte.

»Oben an der Straße ist irgendwas los, Nano. Ich glaube, ich werde mal nachsehen«, sagte Eily, zerrte sich die feuchte Schürze vom Leib und drückte den Kamm fester in ihr hochgestecktes Haar.

»Warte einen Moment, Eily, dann komme ich mit«, sagte Nano. »Wir nehmen auch die Kinder mit. Mary-Brigid, hol mir mein Tuch vom Haken hinter der Tür!«

Mary-Brigid spürte die Eile und die Ahnung von Unglück in den Blicken, die zwischen ihrer Mutter und Nano hin und her flogen. Sie schlossen die Haustür hinter sich und liefen in die Richtung, in der die anderen verschwunden waren.

»Was ist das, Mummy? Ein Schmiss?«

»Du bist jetzt mal ein paar Minuten still, Mary-Brigid, bis wir wissen, was hier überhaupt los ist!«, fuhr ihre Mutter sie an.

Mary-Brigid war beleidigt und ging lieber neben Nano. Ihre alte Tante kam in letzter Zeit beim Laufen nur langsam voran, aber an der frischen Luft war sie trotzdem gern.

»Gleich kriegen wir Rosen auf die Wangen, Mary-Brigid!«, raunte Nano und ihre kräftige, schwarz gekleidete Gestalt mit dem makellos weißen Haar beugte sich zu dem Kind hinunter.

Mary-Brigid musste lächeln. Sie tippte sich mit dem

Finger an die Wangen. »Blühen sie schon?«, scherzte sie.

Eily und Nano lachten.

Doch die Fröhlichkeit verebbte in dem Moment, als sie um die Kurve bogen. Mit einem Blick über die dichte grüne Hecke sahen sie die kleine Gruppe, die sich gerade vor der primitiven Ein-Raum-Hütte der Witwe O'Brian aufstellte. Es ließ sich nicht abstreiten, dass die Hütte vernachlässigt war, von Unkraut fast überwuchert, von Schmutz und Moos bedeckt, und das halb verfaulte Strohdach war stellenweise so gut wie nicht mehr vorhanden.

Vor der Hütte hatten sich drei Männer auf Pferden in Position gebracht. Zwei waren Polizisten, der Dritte war der Gerichtsvollzieher.

Mary-Brigid griff nach der Hand ihrer Mutter. Angst überkam sie. »Was wollen die?«

»Wir werden es bald erfahren, Kind«, flüsterte Eily und legte den Arm schützend um ihre Tochter.

»Versäumnis der Pachtzahlung!«, rief jetzt laut der Gerichtsvollzieher, ein derber Klotz von Mann mit einem Kahlkopf. »Nichtbefolgung der ausgesprochenen Kündigung! Nichtinstandhaltung der Wohnung! Unterlassung der Bearbeitung und Pflege des zugeteilten Landes!«

»Allmächtiger Gott!«, murmelte Eily. »Sie vertreiben ein armes Ding wie Agnes O'Brian, eine allein stehende Witwe! Was für eine Schande!«

Die Menge tuschelte, drängte sich dicht um die Hütte und zertrampelte das hüfthohe Unkraut.

»Lasst sie in Frieden! Sie ist doch nur eine arme alte Frau!«, rief einer der Männer.

»Lasst sie!«, fielen noch mehr wütende Stimmen ein.

»Wir tun nur unsere Pflicht«, gab der jüngere Polizist zurück. »Die alte Frau weiß schon seit längerem, dass sie die Wohnung aufgeben muss.« Er wurde rot und schwieg verlegen.

Nano zog Eily am Arm und nickte in die Richtung eines kleinen schmutzigen Fensters. Dahinter konnten sie Agnes O'Brians weißes, verängstigtes Gesicht erkennen.

Wieder pochte der Gerichtsvollzieher gegen die Tür.

»Lasst sie in Ruhe!«, rief Tim Hayes. »Was kann einer mit einer Hütte wie der da schon anfangen? Lasst sie wohnen, es interessiert sich sowieso niemand dafür.«

»Ich würde Ihnen raten, sich um Ihre eigenen Angelegenheiten zu kümmern, Mr Hayes«, rief der Gerichtsvollzieher spöttisch. »Es geht Sie ja gewiss nichts an, aber Mr Hussey hat vor, das ganze Stück Land da umzupflügen.«

Mary-Brigid stand stumm. Sie wünschte, ihr Daddy oder noch mehr Männer wären hier und könnten helfen. Unglücklicherweise war er ins Moor gegangen, weil er noch Torf für den Winter stechen wollte.

»Es ist das einzige Zuhause, das die arme Agnes je gekannt hat!«, sagte Nano laut. »Sie hat Angst, es zu verlassen. Ihre zwei Söhne sind unter diesem Dach geboren. Sie hat ihre Familie in diesem einen Raum gepflegt, als alle Fieber hatten, sie hat sie mit Essensresten, mit Mehl, Beeren und Wurzeln durchgebracht.«

Es herrschte jetzt Ruhe. Das Gemurmel war verstummt und die Menge schenkte Nano volle Aufmerksamkeit. »Durch diese ärmliche Tür hier sind ihre Jungen für immer gegangen, um nach Amerika zu fahren, und durch dieselbe Tür hat man zwei Jahre später ihren Mann, Gott sei ihm gnädig, hinausgetragen, als er tot war. Agnes hat fest damit gerechnet, dass sie ihm durch diese Tür folgen würde. Nie hat sie sich vorgestellt, dass es mal so weit kommen würde wie heute.« Nano konnte das Zittern in ihrer Stimme kaum verbergen. »Sie verdient Besseres in ihrem Alter!«

Mary-Brigid drückte sich fest an ihre Urgroßtante und roch den vertrauten Duft nach Lavendelwasser.

»Mrs O'Brian, bitte suchen Sie Ihre Sachen zusammen und räumen Sie die Wohnung«, befahl der jüngere Polizist und achtete nicht auf Nanos Einwand. »Niemand will Ihnen Leid oder Schaden zufügen; wir wollen die Sache so friedlich wie möglich abwickeln.«

Der ältere Polizist warf einen Blick auf die immer größer werdende Menge. Menschen saßen auf der niedrigen Steinmauer, lehnten an dem rostigen Tor, standen in dem überwucherten Garten. Das Letzte, wonach ihn verlangte, war ein Tumult unter den aufgebrachten Leuten.

Er kannte viele hier. Im Großen und Ganzen waren es meist rechtschaffene Menschen. Ihm war es selber unangenehm, dass er gegen eine alte, allein stehende Frau einen Räumungsbefehl durchsetzen musste.

»Tun Sie was, Wachtmeister«, knurrte der Gerichtsvollzieher.

»Alles zu seiner Zeit«, versetzte der ältere Polizist. Er würde keine unkontrollierbare Situation heraufbeschwören, wenn es nicht unbedingt sein musste.

»Oh arme Agnes! Die arme Frau! Vielleicht geh ich mal rein und rede mit ihr«, sagte Nano ruhig zu Eily. »Ich habe Angst, man tut ihr weh und verletzt sie bei dieser ganzen Sache auch noch.«

Nano drängte sich bis zur Tür der Hütte vor. »Agnes, Liebe!«, rief sie laut. »Ich bin's, Nano Murphy. Soll ich reinkommen und dir helfen? Ich weiß, was dir jetzt durch den Kopf geht, aber glaube mir, was ich dir sage: Du hast viele Freunde und Nachbarn auf deiner Seite.«

Agnes stand offenbar an der anderen Seite der Tür und horchte. »Du kannst reinkommen, Nano«, flüsterte sie.

Eily streckte den Arm nach ihrer alten Tante aus. »Ich komme mit dir, Nano«, flüsterte sie verzweifelt. »Was, wenn dich Agnes mit sich da drin einsperrt?«

Nano sah einen Augenblick nachdenklich vor sich hin, dann schüttelte sie den Kopf. Sie hörten, wie sich der rostige Riegel hob. »Mach dir keine Sorgen, Eily, du bleibst bei den Kindern! Vergiss nicht, Agnes und ich sind Freundinnen. Sie würde mir nie etwas tun.«

Mary-Brigid glaubte, das Herz müsste ihr stehen bleiben. Sie wollte Nano nicht allein in die Hütte gehen lassen. Blitzschnell schlüpfte sie hinter Nanos langen, bauschigen schwarzen Rock mit dem Tuch darüber und folgte ihr.

»Ich bleibe nur ein paar Minuten«, rief Nano dem Gerichtsvollzieher zu.

Der wollte sich an der Menge vorbeidrängen, doch der Wachtmeister stellte sich ihm in den Weg. »Lassen Sie sie«, befahl er.

Nano stieß die Tür zu dem feuchten, verqualmten Raum auf. Mittendrin stand Agnes, eine kleine, schwache, magere Gestalt in einem grauen Hemd, das Haar hing ihr strähnig um das bleiche, ängstliche Gesicht.

»Was soll ich tun, Nano?«, wisperte sie. »Wo soll ich denn hin?«

Mary-Brigid rümpfte die Nase. In der Hütte stank es, es war schmutzig und unaufgeräumt, das Feuer nicht mehr als ein Aschehaufen. Es gab kaum ein Möbelstück, und das bisschen Geschirr, das die Frau besaß, stand schmutzig in der Spüle oder auf dem kleinen Küchentisch.

Nano drehte sich um und entdeckte Mary-Brigid. »Wie bist du denn hier reingekommen, Mary-Brigid? Du hörst einfach nicht, was ich dir sage, Kind. Ich bin böse auf dich!« Mary-Brigid gab sich Mühe, einen niedergeschlagenen und beschämten Eindruck zu machen, aber sie war froh, dass sie hier bei Nano war. »Trotzdem, du hast ein gutes Herz! Ist es nicht so, Agnes?«, fügte Nano hinzu.

»Ja«, flüsterte die alte Frau, die inzwischen zusammengekauert auf dem schmalen Eisenbett saß, das an der Wand stand.

»Agnes, Mädchen, es ist so weit, dass du die Hütte hier räumen musst. Ich weiß, du bist verzweifelt, aber die werden dich hier nicht länger wohnen lassen. Du musst deine Sachen und Kleider zusammensuchen. Pack jetzt ein«, drängte Nano.

»Ich gehe nicht!«, kreischte die alte Frau. »Sollen sie Feuer legen, wenn sie wollen. Ich bin bereit zum Sterben.«

»Scht, Agnes, rede nicht so. Du wirst dich von denen doch nicht unterkriegen lassen. Du gehst hier mit hoch erhobenem Kopf raus.«

Mary-Brigid fand es viel wahrscheinlicher, dass man Agnes mit Tritten, Geschrei und Fluchen durch die Tür zerren würde.

»Mary-Brigid«, kommandierte Nano, »schau mal nach, ob noch warmes Wasser im Kessel ist. Die Sachen in der Spüle müssen abgewaschen werden. Danach trocknen wir alles ab und wickeln es ein.«

»Du musst ein Kleid haben und ein Paar Stiefel, Agnes«, fuhr sie fort. »Komm jetzt, wir ziehen dich an.«

Die von ihrem Elend überwältigte Frau zeigte auf ein

abgewetztes dunkelblaues Wollkleid, das an einem Haken hinter der Tür hing. Nano holte es und schüttelte es aus, dann zog sie es der widerstandslos auf der Kante des ungemachten Bettes sitzenden Gestalt über. Die fast durchgelaufenen grauen Strümpfe und die dreckbespritzten Stiefel lagen unter dem Bett. Nano sah zu, wie die Witwe ihre knochigen, schwieligen Zehen in die Strümpfe zwängte.

»Schon viel besser so!«, sagte Nano in einem Ton, in dem man einem kleinen Kind wie Jodie gut zuredet.

Nano zog die am wenigsten verschmutzt aussehende Wolldecke vom Bett und bündelte darin die übrigen Kleidungsstücke der alten Frau zusammen. »Mary-Brigid, du kannst helfen und ein paar Kleinigkeiten für Agnes zusammensuchen.« Nur allzu gern überließ Mary-Brigid den Abwasch Nano – die fettigen, von Essensresten verkrusteten Teller hatten ihr fast den Magen umgedreht. Sie sah sich in dem Raum um. Es gab eine kleine, abgenutzte Bibel und ein geschnitztes Kruzifix, das über dem Bett hing. Es gab ein wenig armseligen Zierrat und ein paar angesprungene Schälchen. Das war alles, was von Agnes' Familienleben übrig geblieben war.

Nano goss warmes Wasser über das restliche Geschirr samt den zwei, drei Glassachen, die Mrs O'Brian besaß. Dann trocknete sie alles ab, so schnell sie konnte.

»Sag mir, Agnes«, sagte Nano sanft, »welche sind die Andenken, an denen du besonders hängst und die sorgfältig eingepackt werden sollen?«

Der gekrümmte, arthritische Finger zeigte auf zwei besonders geliebte Tassen mit Untertassen, dann auf eine Platte mit chinesischem Weidenmuster samt passender Schale und auf drei Trinkgläser. Behutsam wickelte Nano alles in das Bettlaken, das ihr Mary-Brigid reichte. Hoffentlich zerbrach nichts.

»Schlag die Tür ein, Mann!«, befahl draußen der Gerichtsvollzieher. »Sie hat jetzt mehr als genug Zeit gehabt!«

Mary-Brigid machte einen Satz, als das Fensterglas splitterte und der Gerichtsvollzieher sein widerwärtiges Gesicht in die Hütte streckte.

»Noch ein paar Minuten, bitte, Wachtmeister«, bat Nano. »Wir sind fast fertig.«

Sie reichte Agnes ihr angefeuchtetes Taschentuch und sagte, sie solle sich über das Gesicht wischen und sich ein wenig frisch machen. »Hast du eine Bürste, Agnes, eine Haarbürste? Wir wollen noch dein Haar in Ordnung bringen.«

Erstaunt sah Mary-Brigid zu, wie Nano ruhig die fettigen grauen Haarsträhnen nach hinten und oben bürstete und in einen ordentlichen Knoten zusammendrehte. »Hast du Haarnadeln, Agnes?« Die andere Frau, die wie betäubt wirkte, zeigte willenlos auf den wackligen Stuhl neben dem Bett. Nano steckte das Haar fest. »Bist du jetzt einigermaßen fertig, Agnes? Was meinst du?«

Draußen nahm der Lärm zu. Agnes O'Brian erhob

sich. Ihre Blicke wanderten durch den kleinen, vertrauten Raum, und ein Schauder durchfuhr sie bei dem Gedanken, ihn für immer zu verlassen. Mary-Brigid rechnete halbwegs damit, dass sich Agnes die Nadeln aus dem Haar reißen, das Kleid vom Leib zerren und sich dann neben dem Aschehaufen hinwerfen und zusammenrollen würde. Stattdessen wickelte sie sich fest in das fadenscheinige graue Tuch, das sie hinter der Tür hervorholte.

»Gute Zeiten und schlechte Zeiten habe ich unter diesem Dach erlebt«, flüsterte Agnes, »aber nie hätte ich gedacht, dass es mal so enden wird.« Tränen liefen ihr über die Wangen, während Nano sie in den Sonnenschein hinausführte. Eily löste sich aus der Menge und half Mary-Brigid das Deckenbündel und das in dem Laken eingewickelte Geschirr hinauszubefördern.

Die Menge stand stumm, als die Witwe O'Brian ihre Hütte zum letzten Mal verließ. Dann gingen die Nachbarn, einer nach dem andern, langsam an ihr vorüber, jeder sprach ihr sein Mitgefühl aus und wünschte ihr alles Gute für die Zukunft.

An allen vorbei marschierte der Gerichtsvollzieher in die niedrige Hütte und war verblüfft, dass er so wenig Besitztümer vorfand.

»Immer langsam, Sir!«, warnte der ältere Polizist. »Von den Wertsachen der Frau wird nichts beschädigt.«

»Wertsachen!«, höhnte der Gerichtsvollzieher. »Hier gibt es nichts von Wert.«

Inzwischen war Dermot O'Reilly, der etwa zwei Meilen weiter abwärts an der Straße wohnte, mit einem Esel und einem Karren gekommen. »Wenn Sie sich endgültig entschieden haben, Mrs O'Brian, lade ich auf den Karren, was Sie wollen, und setze Sie ab, wo Sie wollen.«

Mary-Brigid sah zu, wie die wenigen Habseligkeiten aufgeladen wurden.

»Willst du nicht auf eine Tasse Tee und ein Stück Brot mit zu uns kommen, Agnes?«, bat Nano. »Du hättest doch nichts dagegen, Eily, oder?«

»Schon gut, Nano. Du hast mehr als genug getan«, murmelte die arme Witwe, bevor Eily etwas sagen konnte. »Ich lasse mich am besten in die Stadt bringen, da will ich zusehen, dass ich eine andere Bleibe finde.« Sie hob die Stimme. »Sie können meine Hütte durchwühlen und Stein um Stein niederreißen, aber sie können es nicht ungeschehen machen, dass ich und die Meinen hier gelebt haben und gestorben sind. Ich habe zwei Söhne und, ob Ihr's glaubt oder nicht, acht Enkelkinder. Die O'Brians werden immer ein Teil von diesem Flecken Erde sein. Daran kann keiner was ändern!«

Stolz stand Nano dabei, als sich ihre alte Freundin den Nachbarn und Freunden zuwandte und sich verabschiedete. Die Menge sah zu, wie Agnes auf den Wagen stieg und, mit fast durchscheinendem Gesicht, das dünne Tuch um Kopf und Schultern geschlungen, über den holprigen Weg zur Landstraße aufbrach.

»Was wird jetzt mit ihr, Mummy? Wohin wird sie gehen?«, schluchzte Mary-Brigid. Heiße Tränen brannten ihr auf dem Gesicht und in der Kehle.

»Ich weiß es nicht, Kind. Vielleicht schicken ihr die Söhne Geld, dann mietet sie sich vielleicht irgendwo ein Zimmer, oder sie bekommt einen Platz im Armenhaus«, sagte Eily traurig. »Um die Wahrheit zu sagen, Mary-Brigid, ich weiß es nicht genau!«

»Es ist nicht gerecht! Das hätten sie nicht tun dürfen!«, rief Mary-Brigid und Zorn brannte in ihrem kleinen Herzen. Sie ahnte, dass sie diesen schrecklichen Tag nie vergessen würde.

Das Pferderennen

Es dämmerte gerade, als Michael und die anderen Stallburschen aufstanden. Tage, an denen Rennen stattfanden, bedeuteten immer einen frühen Arbeitsbeginn. Die üblichen Arbeiten mussten erledigt werden – das Ausmisten, der Morgenritt, der den Pferden Gelegenheit zum Galoppieren und zum Aufwärmen für den bevorstehenden Tag bot – und zusätzlich mussten die ausgesuchten Pferde für das Rennen fertig gemacht werden, man musste sie striegeln, bis ihr Fell glänzte, und kontrollieren, ob das Sattelzeug in einwandfreiem Zustand war.

Glengarry und Morning Boy standen in der kleinen, umzäunten Fohlenkoppel und beobachteten träge das geschäftige Treiben. Der Hengst stand immer sicherer auf den Beinen und nahm beständig an Gewicht zu. Von Woche zu Woche wirkte er jetzt kräftiger. Er stellte die Ohren auf, als er sah, wie sich die anderen Rennpferde zum Aufbruch anschickten. Fast widerwillig verließ Michael die Ställe und den kleinen Hengst.

»Versprich mir, dass du dich gut um Morning Boy kümmerst«, bat er den jungen Brendan.

»Du weißt, dass ich mich gut um ihn kümmern werde«, antwortete der Stalljunge, der um die Sorge seines Freundes wusste.

»Pass auf, dass ihn die Stute nicht zwickt oder beißt. Du weißt, dass sich eine Stute von einem Moment zum nächsten gegen ihr Fohlen wenden kann.«

»Schon gut, Michael, ich verspreche dir, dass ich gut auf die beiden achte.«

»Michael O'Driscoll, wirst du jetzt endlich aufsteigen und uns nicht länger warten lassen«, rief Toss neckend. Die übrigen Jockeys waren längst fertig und warteten ungeduldig auf Michael.

»Sieh zu, dass er ordentlich frisst!«, rief Michael.

Er griff nach dem vorderen Rand des Sattels und schwang sich auf Nero, und sobald er auf dem Rücken des Pferdes saß, ging es mit Klipp-Klapp über das gepflasterte Stallgelände. Ein Rennen war immer eine nervenaufreibende Sache. Erst dann nämlich ließ sich feststellen, wie gut oder schlecht die Pferde wirklich waren.

Die Burschen und Knechte, die zurückblieben, hielten in ihrer Arbeit inne und wünschten den Reitern Erfolg.

»Viel Glück euch allen!«

»Hoffentlich habt ihr einen Sieger unter euch!«

Michael hatte zum Frühstück sehr wenig gegessen, eigentlich hatte er sich schon die letzten Tage beim Essen gebremst, weil er sein Gewicht niedrig halten wollte. Der andere Jockey, Liam Quigley, war so klein und leicht wie ein Kobold und konnte das optimale Gewicht mühelos halten, doch Michael mit seinen breiten Schultern und der kräftigen Statur war ein ganzes Stück größer und etwas schwerer als die meisten Jockeys. Immerhin war Nero ein großes Pferd, und das war nach Michaels Vermutung der Grund, weshalb Toss und Lord Henry gesagt hatten, er solle ihn reiten.

Vor Michael ritt Peadar Mahoney. Wie gewöhnlich hielt er Jerpoint mit kurzem Zügel fest am Gebiss. Das lebhafte schwarze Pferd schnaubte wütend, weil es so straff gezügelt wurde, und warf verzweifelt den Kopf zurück.

Allen voran ritt Toss. Er schien tief in Gedanken, während er den Trupp in leichtem Galopp über die taufeuchten Wiesen führte.

Es war später Nachmittag, als sie in Killross ankamen, Pferde und Reiter gleichermaßen müde und dankbar über eine Ruhepause. Die Tiere wurden getränkt und gefüttert. Nero kaute an dem süßen, saftigen Heu, das ihm Michael in die Raufe seiner Box gefüllt hatte. Ganz in der Nähe erstreckte sich die Rennbahn bis weit in die Ferne, bereit für das aufregende Ereignis des nächsten Tages.

Zwar wollten Peadar und Liam ihn überreden, auf einen Sprung mit in die Stadt zu kommen, aber Michael blieb lieber bei Nero. Er lauschte ebenso gern den Geschichten über vergangene Rennen und besondere Leistungen, die sich die Reiter am Abend erzählten.

Mercy Farell, das junge Dienstmädchen, hatte darauf bestanden, dass Michael ein kleines Esspaket von ihr mitnahm. Als er es nun öffnete, fand er darin weißes Hähnchenfleisch, kalte Kartoffeln, Gebäck und ein Törtchen – er probierte mit dem Finger: Apfel.

Mercy verwöhnte ihn. Er brauchte nur an der Küchentür aufzutauchen, mal nachsehen, wie sie zurechtkam, und schon ließ sie ihn am Tisch Platz nehmen, stopfte ihn mit Essen voll und schwatzte und schwatzte – und die Köchin sah ihnen zu. Nie duldete die Köchin irgendwelche Techtelmechtel in ihrer Küche, doch konnte sie einfach nicht gegen die Vorstellung an, dass Michael O'Driscoll und die junge Mercy Farell ein schönes Paar abgeben würden. Michael legte das Apfeltörtchen zur Seite – er wollte es bis nach dem Rennen aufheben, aber alles andere würde er jetzt essen. Nach dem Ritt war er hungrig. Heute Nacht würde er bei Nero im Stall schlafen. Solange er, Michael, hier war, würde sich keiner an den Buckland-Pferden zu schaffen machen.

Am Tag des Wettkampfs war schönes, trockenes Wetter und es ging ein angenehm leichter Wind. Ideal für ein Rennen. Michaels Magen hatte sich zu einem Knoten aus Ahnungen und Befürchtungen zusammengezogen, während er sich innerlich auf das nachmittägliche Ereignis vorbereitete.

Das kleine Rennbahngelände füllte sich allmählich. Gentlemen mit ihren Gästen kamen, um dem Schauspiel beizuwohnen. Die Herren trugen Zylinder und elegante Jacketts, sie begutachteten die Kontrahenten und erwogen sorgfältig die Gewinnchancen, bevor sie ihren Wetteinsatz machten.

Michael wurde gewogen, dann gesellte er sich zu den Jungen, die am selben Rennen teilnahmen. Sie waren zu acht. Er lächelte Ned Mangan und Tod O'Sullivan zu – sie waren alle schon mal gegeneinander angetreten.

Nero zitterte vor Erregung, als sie an der versammelten Menge vorbeigingen. »Guter Junge«, sagte Michael, tätschelte den Hals des Pferdes und kürzte die Steigbügel nochmals um einen Bruchteil.

In leichtem Galopp ritt Michael auf Nero zur Startlinie. Er hatte Lord Henry in der Ferne entdeckt, der bei einer Gesellschaft anderer Gentlemen stand.

»Das beste Pferd gewinnt!«, rief Tod O'Sullivan.

Sein schmächtiges Gesicht glühte vor Eifer und Aufregung.

Nero tänzelte nervös, er wollte jetzt rennen. Michael saß im Sattel und wartete gespannt und aufmerksam auf das Signal.

Start! Tod O'Sullivans Pferd preschte davon wie der Wind, triumphierend wehte der rötliche Schweif den anderen Reitern voran. Michael musste Nero zurückhalten, jetzt schon ein Spurt wäre verfrüht. Er hob sich im Sattel, das rasende Tempo ließ den Pferdeleib auf und nieder wogen.

»Ruhig, Nero, bleib ruhig!« Er spürte, wie das Rennpferd jetzt in einen kräftigen, gleichmäßigen Rhythmus fiel, mit gebeugtem Hals jagte es dahin. Nero verringerte den Abstand zwischen sich und Tod O'Sullivans Pferd. Er kam näher … näher … und dann überholte er Tod!

Das Gras unter Michael schien in rasender Bewegung und selbst die Wolken, die über den weiten blauen Himmel fegten, kamen bei dem Tempo nicht mit. Sein Herz klopfte so schnell wie das des Pferdes. In diesem Augenblick waren sie eins.

Mit einem Blick über die Schulter sah Michael kurz etwas Farbiges aufzucken – Tod und mehrere andere Jockeys schoben sich langsam heran. Er trieb Nero an, schneller, schneller … die kräftigen Läufe des Pferdes flogen durch die Luft, donnerten auf den Boden. Da legte sich, vor Anstrengung keuchend, Tods Pferd energisch ins Zeug. Nero stürmte mit vollem Tempo voran, bemühte sich, den andern hinter sich zu lassen. Das Blut rauschte und pochte Michael in Kopf, Adern und Ohren, während er Nero antrieb, so heftig er konnte. Es nützte nichts. Tods Pferd lief eine oder zwei Sekunden vor ihm über die Ziellinie.

»Gut gemacht!«, rief er Tod zu und zwang sich, seine bittere Enttäuschung hinunterzuschlucken.

»Pech für dich!«, rief Tod. »Dein Pferd hat uns ganz schön Feuer unterm Hintern gemacht!«

Michael sah zu, wie dem Sieger applaudiert wurde. Sobald er Lord Henry und Toss kommen sah, sprang er von Nero.

»Gut gemacht, Junge«, lächelte Toss. »Du hast ein großartiges Rennen hingelegt!«

»Aber nicht gewonnen«, sagte Michael dumpf.

»Du hast dein Bestes gegeben, Michael«, sagte Lord Henry. »Früher oder später wird Nero gewinnen.«

Michael fuhr sich mit den Fingern durch das schweißnasse Haar, froh, dass die beiden Männer nicht ärgerlich über ihn waren. Er wollte Nero erst trocken reiben und dann wiederkommen und zuschauen, wie Liam und Peadar bei ihrem Rennen abschneiden würden.

Liam saß locker und entspannt auf Troy. Ein breites Grinsen auf dem kleinen Gesicht, so winkte er Michael und der Menge zu.

Jerpoint machte ein bisschen Theater, und es gelang Michael nur mit Mühe, sie ruhig zu halten, als Peadar aufsteigen wollte. Der junge Jockey war gereizt. Er galoppierte zur Startlinie, wo die anderen fünf Teilnehmer geduldig warteten. Lord Henry und seine Freunde hatten hohe Wetten auf Jerpoint abgeschlossen.

Peadars Gesicht war angespannt, während er auf das Startsignal wartete. Er hielt das Pferd immer noch viel zu kurz, wie Michael fand.

Von der ersten Sekunde an lag Jerpoint an der Spitze, zielstrebig drängte sie nach vorn, ihre tiefschwarze Mähne flatterte im Wind. Peadar gebrauchte den Stock wie ein Irrer und drosch auf die Stute ein, als seine Konkurrenten aufzuholen versuchten. Das Pferd war zu Tode verängstigt. Nachdem die wilde Jagd mehr in Michaels Sichtfeld gekommen war, wusste er, dass die Stute sich nur deshalb das Herz aus dem Leibe rannte, um vor dem Wahnsinnigen auf ihrem Rücken zu fliehen. Sie überquerte die Ziellinie vier Längen vor den anderen und die Zuschauer brachen in Jubel aus.

Augenblicklich wurde Lord Henry von Herren umringt, die ihm wohlwollend auf den Rücken klopften und ihn zu seinem grandiosen Sieg beglückwünschten.

Ein breites Lächeln erhellte Peadars längliches, bäurisches Gesicht, als er den Moment seines Triumphes auskostete. Das Pferd keuchte und bebte, die langen Striemen an der Flanke auf dem verschwitzten Fell glichen einem Streifenmuster, Schaum tropfte ihm aus dem Maul.

»Steig ab!«, rief Toss und gab Michael Jerpoints Zügel. »Kümmer du dich um sie, Junge«, befahl er und folgte Peadar zur feierlichen Preisübergabe.

Später ritten sie alle schweigend nach Hause, Toss und Michael voran. Jerpoint wurde an einer Halfterleine geführt. Sie war in einer Verfassung, in der sie nicht geritten werden konnte.

»Bist du enttäuscht, dass du Zweiter geworden bist, Michael?«, fragte Toss.

Michael dachte nach. »Nö! Eigentlich nicht, Toss. Tods Pferd war sehr gut und er hat auch schon viel mehr Rennen mitgemacht als ich. Er ist ein guter Jockey.«

»Was ich von manch anderem nicht behaupten kann«, murmelte Toss.

»Tods Pferd ist ein Bruder von Ragusa.«

»Ach ja?«, sagte Toss neugierig.

»Das bedeutet, er hat die gleiche Blutlinie wie Morning Boy«, erklärte Michael fachmännisch.

»Du lernst dazu!«, lachte Toss.

Michael nickte. Tagein, tagaus hatte ihm Toss mit der Bedeutung der Blutlinie bei guten Pferden in den Ohren gelegen. Und dass sich mehr über ein Pferd sagen ließ, wenn man sich eingehend mit seinem Stammbaum befasste, als wenn man es rennen sah.

Toss hielt das irische Pferd für das beste der Welt, kräftig, ausdauernd und mit einem Herzen so groß wie die Galwaybucht, wo immer die liegen mochte. Vor langer Zeit hatte man die Blutlinie der besten irischen Pferde mit einem starken Araberpferd gekreuzt, das in der Schlacht am Boyne gekämpft hatte – dieser Orientale hatte seine Tapferkeit an seine Nachkommenschaft weitergegeben. So war eine Blutlinie entstanden, die viele der Hengst- und Stutenfohlen durchströmte, die Toss mit der Zeit noch aufziehen würde.

»Du bist ein guter Kerl, Michael, und das merken die Pferde«, brummte Toss.

Michael spürte ein Glücksgefühl in sich aufsteigen. Er brannte darauf, Morning Boy zu sehen und Mercy von dem Rennen zu erzählen. Er wusste, dass ihn das gutherzige Mädchen noch fester umarmen würde, wenn es hörte, dass Nero und er Zweite geworden waren.

»Ich habe mehr als genug von dir, mein Junge!« Michael hörte den Zorn in Toss' Stimme. Es war am Tag nach dem Rennen. Gerade war er dabei, das Zaumzeug für den Morgenritt auf Hochglanz zu bringen, da waren Toss und Peadar durch die Tür der Geschirrkammer gekommen. »Gedankenlos! Töricht! Grausam! So würde ich das nennen.«

»Ist doch nur ein verdammtes Pferd!«, kam Peadars freche Antwort.

»Hör zu, mein Junge, langsam solltest du begreifen – diese Pferde sind unser täglich Brot. Die andern Männer hier müssen das Land pflügen, die Felder bestellen, Schafe hüten und alle möglichen Arbeiten für Seine

Lordschaft tun. Wir haben Glück. Wir sind verantwortlich für seine Pferde.«

»Ich bin der beste Jockey, den er hat, das weißt du, Toss!«, rief Peadar wütend.

»Das gibt dir noch längst nicht das Recht, mit einem edlen Pferd so umzugehen. Es ist nämlich kein Zugpferd. Die kosten ein Vermögen, diese Pferde. Du solltest mal einen Blick auf die Futterrechnungen werfen.«

Michael sah, wie Peadar die Schultern hochzog. Dem war es egal, dass er Jerpoint überanstrengt hatte. Er hatte gewonnen, oder etwa nicht? Das Rennpferd befand sich immer noch in einem jämmerlichen Zustand, doch schien es nach Peadars Meinung gar keine Rolle zu spielen, wenn sämtliche Regeln im Umgang mit Pferden gebrochen wurden.

»Ich werde nicht untätig zusehen, wie du ein gutes Rennpferd ruinierst«, sagte Toss, »denn genau das wird passieren.«

»Ich mache gute Rennen, ich gewinne überall. Irgendwann werde ich noch das Curragh-Rennen gewinnen«, sagte der junge Jockey aufmüpfig. »Ich werde auch in England gewinnen«, ergänzte er. »Ich bringe Seiner Lordschaft ein Vermögen. Ein Rennpferd braucht eine feste Hand!«

»Es nützt nichts, wenn du der beste Jockey in ganz Irland bist, auf das Pferd kommt es an. Es muss gut behandelt werden. Ich kann hier keinen gebrauchen, der den Wert dieser Pferde nicht zu schätzen weiß. Das werde ich nicht dulden und Lord Henry ebenfalls nicht.«

»Lord Henry!«

»Jawohl! Er hat Jerpoint heute Früh gesehen.«

»Was versteht der schon davon?«, sagte Peadar schulterzuckend.

»Mehr als du glaubst. Ich habe nämlich Anweisung, dir den Laufpass zu geben«, sagte Toss entschieden. »Trotzdem, ich gebe dir eine letzte Chance. Aber noch eine einzige Missetat und du hast ausgedient hier in Castletaggart, mein Junge!«

Peadar stand einen Moment wie betäubt, das strähnige braune Haar fiel ihm über die Augen.

»Und jetzt versorgst du die übrigen Pferde«, sprach Toss weiter. »Um die Rennpferde werden sich die anderen Burschen kümmern und einen Ausritt gibt es nicht für dich. Und dass ich's nicht vergesse, solange Jerpoint erholungsbedürftig ist, wirst du ihre Box selber ausmisten.«

Ohne ein Wort machte Peadar kehrt und stürmte aus der Geschirrkammer.

Michael räusperte sich.

»Hast du's mit angehört?«, fragte Toss voll Unbehagen. Michael nickte. »Der Kerl ist ein guter Reiter, aber über Pferde muss er noch viel lernen, sonst nützt er uns nichts.« Damit nahm sich Toss einen Ledersattel und ging.

Michael liebte die morgendlichen Ritte; es waren die

Stunden, die er jeden Tag am meisten schätzte. Die Pferde waren ausgeruht und sehnten sich geradezu nach einem ordentlichen Galopp. In der kühlen Morgenluft verdichtete sich ihr Atem zu Wolken. Jedes Rennpferd besaß ein anderes Temperament und alle brauchten eine unterschiedliche Behandlung – manche sanftes Zureden und Lob, andere eine strenge Hand.

Als Michael später nach Jerpoint sah, musste er sich aber doch über Peadar wundern. Das Pferd stand in einem frischen Dunghaufen – warum zum Teufel hatte sich Peadar nicht um die Stute gekümmert? Michael suchte ihn überall in den Ställen und auf den Weiden, fand ihn aber nirgendwo.

Er stieg hinauf zu den Schlafquartieren über der Remise und sah in den Winkel, den Peadar für sich beanspruchte. Peadars Decke war noch da, aber von seinen Kleidungsstücken, Stiefeln oder seinen wenigen persönlichen Sachen fehlte jede Spur. Er ist abgehauen, dachte Michael.

»Hat sich Mr Besserwisser aus dem Staub gemacht?« Brendan war Michael auf den Dachboden gefolgt.

Michael zog die Schultern hoch. »Sieht so aus.«

»Ich habe gehört, dass Toss ihm heute Früh den Marsch geblasen hat. Ein Glück, den sind wir los, kann ich da nur sagen.« Der junge Stallbursche grinste; oft war er von Peadar grundlos angebrüllt worden. »Einem wie Peadar wird niemand eine Träne nachweinen.«

»Hm, denke ich auch«, nickte Michael. Doch er

wurde das Gefühl nicht los, dass sie nicht zum letzten Mal von Peadar Mahoney gehört hatten, noch längst nicht!

Erntedankfest

Im Spätsommer schien Tag für Tag strahlend die Sonne vom Himmel, und jeder Mann, jede Frau und jedes Kind, das alt genug war, half bei der Erntearbeit. Selbst die Pferde schienen die fieberhafte Stimmung aufzufangen, sie galoppierten über die Wiesen und wollten sehen, was vor sich ging. Frauen und Kinder brachten Kannen mit Milch und dicke Brotschnitten hinaus auf die Felder, wo die Männer bei der Heuernte schufteten, bis ihnen der Schweiß herunterlief.

So hoch wie möglich wurden die Wagen mit dem frisch duftenden Heu beladen und die Pferde zogen mit all ihrer Kraft. Weizengarben wurden gebunden und zum Dreschen vorbereitet, Hafer und Gerste in großen Getreidespeichern gelagert. Die Arbeit dauerte bis spät in die Sommerabende hinein, erst bei Untergang der Sonne gingen die erschöpften Arbeiter endlich zum Schlafen nach Hause.

Michael spannte die großen, alten Bauernpferde aus

und tätschelte sie liebevoll. Jetzt waren *sie* die Helden – sie hatten sich ihren Eimer voll Hafer redlich verdient und auch die Achtung derer, die auf dem Gut mit ihnen arbeiteten.

»Es ist eine gute Ernte«, sagte Brendan.

»Besser noch als letztes Jahr«, nickte Michael.

»Lord Henry wird mächtig zufrieden sein.«

Brendan stieß Michael an und zeigte auf Markey, den Esel, der, vor einen kleinen Wagen gespannt, gerade angetrottet kam. »Ich sehe, dass sie sogar Markey schwer arbeiten lassen. Wird aber auch Zeit!«

Michael lachte. In den vergangenen Jahren war es die einzige Aufgabe des Esels gewesen, den Rennpferden Gesellschaft zu leisten. Jedem Pferd, das sich einsam fühlte oder einfach mal verrückt spielte, ging es sofort besser, sobald es den alten grauen Esel bei sich auf der Weide hatte.

Michael und Brendan krempelten die Ärmel hoch, zogen sich die Mützen tiefer in die Stirn und halfen beim Abladen von Markeys Wagen.

Michael konnte sich an längst vergangene Zeiten erinnern, in denen er als kleiner Junge seinem Vater geholfen hatte: Sie hatten sich gebückt, wieder und wieder, um vereinzelte Weizenhalme aufzulesen, die auf der Erde herumlagen. Beinahe konnte er den dunklen Lockenkopf seines Vaters vor sich sehen, schwarz wie sein eigener, er sah die mächtigen Schultern, das schweißnasse Hemd, das ihm am Körper klebte, und beinahe hörte er die lachenden Stimmen seiner Mutter und seiner Schwestern Eily und Peggy, als sie über die Felder gerannt kamen mit einem Krug voll eiskaltem Wasser aus dem Brunnen und gekochten Kartoffeln in einem Tuch, die noch warm aus dem Topf waren, der zu Hause in Duneen auf dem Herd gestanden hatte.

»Alles in Ordnung, Michael?«, fragte Brendan und sah beunruhigt nach seinem Freund, der mitten in der Arbeit innegehalten hatte.

»Schon gut. Mich blendet nur die Sonne«, sagte Michael leise. Er wollte die Kindheitserinnerung und das Tröstliche, das er darin fand, nicht gern verscheuchen.

Eines Abends dann, als die Sonne sank und die schimmernden Felder restlos abgeerntet waren, als eine Feldmaus auf der Suche nach ihrem verirrten Gefährten durch die Stoppeln huschte, als sich die Wachtel mit ihren Jungen auf einem kleinen, nicht gemähten Fleckchen in Sicherheit gebracht hatte und sich Scharen kleiner Vögel um das Festmahl balgten, war es endlich so weit, dass die Arbeiter belohnt werden sollten.

Schon seit Tagen war das Küchenpersonal fieberhaft an der Arbeit. Die frisch getünchten Waschhausräume waren auf Hochglanz gebracht worden und für das Erntefestessen wurden lange Platten über Böcke gelegt. Es gab gebratenes Fleisch und große Schüsseln mit mehligen Kartoffeln, Bleche voll Pfannkuchen und Haferkeksen, Kännchen mit dicker brauner Bratensoße, gedünstete Möhren und winzige Kohlköpfe, die man Rosenkohl nannte.

Michael aß und aß, und zuletzt war sein Bauch so voll, dass er das Gefühl hatte, er würde jeden Moment platzen. Mercy musste über ihn lachen. Den Blicken der Bauernsöhne wich sie aus, sie hatte nur Augen für Michael. Draußen standen Fässer mit Porter und Ale, eine Schüssel Punsch für die Frauensleute und Limonade für die Kinder. Lord Henry und seine Frau Martha, beide elegant gekleidet, gesellten sich zu ihnen. Ihre Töchter Rose und Felicia, beide in den gleichen rosa Kleidern, kicherten vor Aufregung, als sie über die bunte Szene blickten und sich unter die Pächter mischten. Felicia entdeckte Michael, und er musste ein Stück rutschen, damit sie sich auf die Bank neben ihn setzen konnte. Sie plapperte über das lustige Fest und zeigte mit dem Finger auf ihre Kusinen und ihren Onkel Robert, die aus Indien nach Hause gekommen waren.

Der Wagenschuppen war bald erfüllt vom Klang der Fiedeln und Flöten, als Dermot und Dinny Callaghan, zwei alte Junggesellen, die unten am Fluss wohnten, aufzuspielen begannen.

Alte wie junge Männer wirbelten die Frauen durch den Raum und tanzten nach Herzenslust. Michael griff sich Mercy und ließ ihre Hand den ganzen Abend lang keine Minute mehr los. »Es ist einfach herrlich!«, rief sie lachend, während sich beide im Takt zu der flotten Musik drehten. Bald wurde es in der Remise zu heiß und zu voll, da tanzten sie – wie viele der jungen Leute – draußen unter den Sternen weiter. Mercy löste ihren dicken Zopf und ließ das wellige braune Haar offen auf die Schultern fallen, während sie mit Michael O'Driscoll tanzte, dem Jungen, den sie liebte.

Es war schon spät, als die Callaghans zu musizieren aufhörten und die Gesellschaft langsam aufbrach. Väter hievten sich schläfrige Kinder auf die Schultern, Mütter schlangen sich ihre Tücher um die Schultern und so machten sie sich über die Felder auf den Nachhauseweg. Michael fiel auf sein Bett, jeder Muskel tat ihm weh und sein Herz klopfte. Unten die Pferde waren ruhig.

Einsame Zeiten

Mrs Elizabeth Rowan war untröstlich. Sie weinte beim Abschied von ihrer frisch verheirateten Tochter, und als die Kutsche über den Torweg holperte und Haus Rushton verließ, winkte sie traurig hinter Roxanne und Fletcher her.

»Ich glaube nicht, dass ich das aushalte, Peggy, sie fehlt mir ja jetzt schon«, sagte sie. Peggy goss ihr eine Tasse Kaffee ein, langsam stieg die sattbraune Flüssigkeit in der weißen Porzellantasse hoch.

»Ich versteh schon, wie Ihnen zumute ist, Madam«, sagte Peggy schüchtern.

Kitty war noch vor ihrer neuen Herrin abgefahren. Sie hatte sich um die Hochzeitsgeschenke gekümmert und um einige besondere Einzelstücke aus dem Haus der Rowans, die Roxanne auf Drängen ihrer Eltern mitnehmen sollte. Peggy fühlte sich selber sehr einsam, jetzt, wo ihre liebste Freundin weg war.

»Am besten, man beschäftigt sich, besucht Leute, sieht sich neue Dinge an – das haben mir meine Freundinnen geraten. Vielleicht fahren wir ja mal hin, mein Mann und ich, und besuchen Roxanne, sobald sie sich eingewöhnt hat.«

»Das würde sie bestimmt freuen, Madam. Dann könnten Sie sich auch gleich ihr Haus ansehen und Baltimore ein bisschen besser kennen lernen.«

»Ja, genau!« In zierlichen, vornehmen Schlucken trank Mrs Rowan ihren Kaffee. »Aber wir müssen ihr Zeit lassen.«

Im Herd waren ein Obstkuchen und ein Blech mit Honigplätzchen. Mrs O'Connor fühlte sich erleichtert, dass die Hektik und Aufregung der Hochzeit vorbei waren und alles wieder seinen gewohnten Lauf nahm, wenigstens in der Küche. Natürlich, die Herrin war nicht sie selbst – trübsinnig und übernervös war sie, die Tränen saßen ihr locker, und sie aß kaum einen Bissen, egal, was für leckere Speisen man ihr brachte.

Und Peggy O'Driscoll – das junge Mädchen machte

den Eindruck, als hätte man ihm den linken Arm abgehackt! Bei der Arbeit sang und trällerte sie nicht mehr. An den Abenden saß sie in der Küche, las ein Buch und beteiligte sich an der Unterhaltung nur dann, wenn Mrs O'Connor oder Eliza Whitman sie ausdrücklich fragten.

Mrs O'Connor machte sich Sorgen um Peggy. Der Abschied von ihrer Freundin hatte dem Mädchen jede Lebensfreude genommen. Man würde die junge Kitty natürlich irgendwann ersetzen, aber das konnte dauern. Peggy muss einen Tag freihaben, dachte Mrs O'Connor, kann sein, das heitert sie etwas auf. Sie könnte ihre irischen Freunde besuchen, vielleicht bekommt sie dann wieder ein bisschen Farbe auf die Wangen und Glanz in die Augen.

Zielstrebig ging Peggy über die Russell Avenue. Die Sonne brannte ihr auf den Rücken und auf die Strohhaube. Durch die dünne Ledersohle spürte sie die Hitze des Bürgersteigs. Es war wieder einmal ein glühend heißer Tag. Der Himmel über ihr war blau und wolkenlos. Zu Hause, als sie klein war, hatten sie und ihre große Schwester Eily sich immer ins Gras gelegt und in den Wolken nach Bildern gesucht, und während die flockigen weißen Formen und Gestalten langsam über den Himmel über ihnen zogen, hatten sie einander Geschichten erzählt. Der Sommerhimmel hier dagegen war grausam, die Sonne brannte erbarmungslos.

Peggy überquerte die enge Straße und steuerte den grauen Eingang des Wohnhauses an, in dem Sarah mit ihren beiden Brüdern wohnte. Sie stieg die verwahrloste, dreckige Treppe hinauf und hob dabei den Rock an, als könne sie damit dem Schmutz und abblätternden Putz ausweichen.

Sarahs Flur war sauber, der Linoleumboden gewischt. Das lange, schmale Fenster stand offen und das Glas – so weit Sarah es erreichen konnte – war blitzblank geputzt. Peggy klopfte an die Tür. Sarahs Bruder John machte auf und lächelte herzlich, als er Peggy sah.

»Es ist Peggy, Sarah!«, rief er.

»Ich bin gleich da, Peggy, setz dich schon mal. Ich zieh mich nur noch fertig an.«

Peggy ließ sich in dem wuchtigen weichen Sessel nieder. In dem vergeblichen Bemühen, die hervorquellende Polsterung der aufgerissenen Armlehne zu verbergen, hatte Sarah einen malvenfarbigen Überwurf darüber gebreitet. Peggy ahnte, als sie sich in dem großen Raum umsah, dass Sarah seit dem frühen Morgen auf den Beinen war und aufgeräumt hatte. Die Kleiderstange war zusammengeklappt, der runde Tisch mit einer Spitzendecke versehen und darauf stand Sarahs ganzer Besitz an einzelnen Geschirrstücken. Kissen in freundlichen Blau- und Gelbtönen reihten sich auf dem grauen Samtsofa, das die Brüder vor drei Jahren auf dem Flohmarkt erstanden hatten. Auf dem Boden lag ein bunter Läufer und gegen den Kamin gelehnt stand ein Korb mit Lavendel.

»Möchtest du eine Tasse Tee, Peggy, solange du warten musst?«, fragte John.

Peggy nickte. Sie sah zu, wie er den Kessel zum Kochen auf den kleinen Herd stellte und nach einem sauberen Löffel suchte.

Sarah kam aus dem Schlafzimmer, stürmte auf Peggy zu und fiel ihr um den Hals. »Oh Peggy, wie wunderbar, dich zu sehen! Erzähl mir jede Neuigkeit. Ich muss unbedingt alles über die Hochzeit und Miss Roxanne hören.«

Sarah sah müde aus. Graue Schatten lagen unter ihren Augen und ihre Haut wirkte bleich und durchscheinend. Sofort fielen Peggy die übel zugerichteten Finger und die gesplitterten Nägel der Freundin auf, und sie merkte, dass Sarah eine Hand steif hielt und dass diese ganz entzündet aussah.

Sarah biss sich auf die Lippen. »Sag's nicht, Peggy! Ich musste noch ein paar Tage länger Knöpfe annähen. Das andere Mädchen war krank.«

»Aber Sarah, deine armen Hände!«

Peggy konnte sich nicht vorstellen, wie Sarah die Arbeit in Goldmans Hemdenfabrik aushielt. Die Arbeitszeit war lang und die Arbeit ermüdend, wenn auch der Lohn höher war als Peggys. Vom Knöpfeannähen splitterten Sarahs Fingernägel, ihre Haut wurde rissig und die Finger waren von Schwielen und zickzackförmigen Schnitten übersät. Oft waren ihre Hände so steif und geschwollen, dass sie praktisch tagelang nichts damit anfangen konnte. Sarah hatte das Nähen an anderen Maschinen ausprobiert, aber die auffliegenden Fasern und der Staub aus dem unverarbeiteten Stoff trieben ihr das Wasser aus Augen und Nase und verursachten Dauerhusten.

Sarah war schon bei mehreren Vorstellungsgesprächen gewesen, aber nach einem einzigen Blick auf ihre Hände war von einem Stellenangebot nicht mehr die Rede. Peggy hatte sie inständig gebeten, bei solchen Gesprächen Handschuhe zu tragen, doch das fand Sarah unehrlich, und so war sie bei Goldman geblieben.

»Ich habe euch Obstkuchen und ein paar Kekse mitgebracht«, sagte Peggy und wechselte das Thema, um Sarah nicht aufzuregen. Mrs O'Connor hatte sie gedrängt, der Freundin einen der üppigen Obstkuchen mitzunehmen, die von der Hochzeit übrig waren.

»Das ist sehr lieb von dir, danke, Peggy«, murmelte Sarah mit ihrem freundlichen, sanften Blick.

»Bedanke dich bei Mrs O'Connor«, sagte Peggy und trank einen Schluck Tee.

»Soll ich den Kuchen gleich anschneiden?«, fragte Sarah.

»Nicht für mich! Mir ist noch schlecht von all dem übrig gebliebenen Zeug von der Hochzeit«, sagte Peggy. »Heb ihn doch für euch auf, für später.«

»Also gut, für nachher zu unserem Essen. Es ist so

schön draußen, Peggy, wollen wir nicht einen Spaziergang in der Sonne machen?«

Peggy wollte schon sagen, nein, nicht bei dieser Gluthitze, da begriff sie, dass Sarah dringend ein paar Stunden aus diesem Haus und dieser Straße wegmusste. »Klar! Es ist herrlich draußen. Komm.«

Sarah holte ihr bestes Tuch und setzte auf Peggys Rat hin ihre luftigste Haube auf. Lächelnd sah John den beiden nach, wie sie in bester Sonntagslaune aufbrachen. Untergehakt gingen die Mädchen die Treppe hinunter und traten in das helle Tageslicht der Straße.

»Lass uns in den Park gehen!«, schlug Peggy vor.

Der Park war einer ihrer Lieblingsplätze in Boston. Scharenweise gingen hier die Menschen spazieren – Familien, vornehme Herrn mit ihren ehrbaren Ehefrauen, romantische Liebespärchen. Peggy und Sarah gingen mitten unter ihnen. In der Ferne spielte eine Kapelle, die beschwingte Melodie wehte zu ihnen herüber. Peggy und Sarah kicherten, als ein paar junge Männer die Hüte vor ihnen zogen und sie in eine Unterhaltung verwickeln wollten. Eine freie Parkbank war nicht in Sicht, deshalb setzten sich die beiden Mädchen in den sonnengesprenkelten Schatten einer Ulme ins Gras.

Sarah war nach dem Spaziergang atemlos und versuchte, diskret in ihr Taschentuch zu husten.

»Fühlst du dich nicht gut?«, fragte Peggy.

Das andere Mädchen hielt inne, wie um nachzudenken und starrte in die Ferne, wo Boote in Form von Schwänen lautlos über den See glitten. »Es ist so, Peggy, ich war bei Doktor O'Connor, der seine Praxis neben der Fabrik hat. James und John haben mich hingeschickt. Sie haben gesagt, sie wären mein ewiges Kranksein leid.«

»Was hat er gesagt?«

»Na ja … er sagt, er würde mir nicht raten, weiterhin in der Fabrik zu arbeiten. Er sagt, von den Fusseln und dem Staub kann ich eine Lungeninfektion kriegen …« Sarahs Stimme verlor sich.

»Und was willst du tun?«

»James und John haben große Pläne. Sie wollen aus der Stadt weg. Sie haben Geld von ihrem Lohn gespart und meinen, der Zeitpunkt sei jetzt günstig, um Land zu kaufen und ein Grundstück für uns, die Conollys, zu sichern.«

»Wie meinst du das?«

»Sie wollen sich einem dieser Planwagentrecks anschließen, die nach Westen ziehen, und ich soll mit!«

Vor Überraschung schnappte Peggy nach Luft. »Du fährst doch nicht mit, Sarah, oder?«

»Das ist es ja, Peggy, ich fahre mit! Ich will nicht ohne meine Brüder hier in Boston bleiben. Du hast es da besser – du hast Kitty und die Rowans und Miss Whitman und Mrs O'Connor. Wenn James und John fortgehen, habe ich niemanden!«

Peggy saß stumm. In dem flirrenden Hitzedunst

schienen die Menschen auf dem Weg und überall ringsum zu flackern und zu verschwimmen, ihre Stimmen schwollen an und verebbten wieder.

»Peggy! Peggy!« Sarah griff nach dem Arm der Freundin und Begeisterung blitzte in ihren Augen auf. »Ich wünschte, du würdest mitkommen! James und John sagen, für dich ist noch Platz. Wir könnten zusammen arbeiten und …« Doch Sarah verstummte. Peggy schien überhaupt nicht zuzuhören. Es sollte offenbar nicht sein.

Peggy kämpfte um ihre Fassung. Es hatte keinen Sinn, Sarah zu erzählen, dass Kitty weggezogen war und dass sie, Peggy, sich schon jetzt einsam fühlte. Sarahs Gesundheit stand vor dem Ruin, für sie und ihre Brüder war es nur vernünftig, wenn sie sich aufmachten und ein eigenes Zuhause suchten. Sie, Peggy, würde weiterarbeiten – polieren, waschen, putzen, bügeln und mit Mrs O'Connor eine Mahlzeit nach der andern servieren. Sie war nur ein Dienstmädchen und das war ihr Platz im Leben. Sie hatte eine gute Stelle und verdiente gutes Geld.

Jeden Monat kam der Kassierer von der Bank an die hintere Küchentür, dann zahlte sie jedes Mal einen kleinen Betrag von ihrem Lohn bei ihm ein. Mr Keane setzte sich an den Küchentisch und trug die Summe in das kleine schwarze Sparbuch ein, das Peggy heimlich unter ihrer Matratze aufbewahrte. Er drückte den Stempel der East Coast Savings Bank darauf, dann blieb er noch auf eine Tasse Tee und einen kleinen Schwatz bei Peggy und den anderen Angestellten, die bei ihm sparten. Gewöhnlich erzählte er ihnen, dass die Geschäfte florierten und dass sich ihr Geld vermehrte und anhäufte. Es tat Peggy gut, ihm zuzuhören. Wenn er fort war, überflog sie die Zahlenreihen von oben nach unten und zählte im Geist ihre Ersparnisse zusammen. Das war ihre Unabhängigkeit.

Peggy kehrte in die Gegenwart zurück. Der Mittlere Westen – das war so weit weg, manche nannten ihn den Wilden Westen. Ach, warum musste Sarah so weit fortgehen?

»Peggy«, sagte Sarah und tippte ihr an die Schulter. »Was hältst du davon?«

Um ehrlich zu sein, Peggy wusste nicht, was sie davon halten sollte, aber wenn sie in Sarahs abgehärmtes weißes Gesicht sah und wenn sie an die Fabrik dachte, in der die Freundin morgen jede Stunde des hellen Tages bei der Arbeit zubringen würde, wusste sie, dass es für Sarah die Rettung und einen neuen Anfang bedeuten konnte, wenn sie der Stadt den Rücken kehrte und hinaus auf das offene Land zog.

»Ich finde es großartig, Sarah! Ganz ehrlich«, sagte Peggy und drückte die Freundin an sich, »und bis ihr euch dann endgültig angesiedelt habt, werden sie auch die Eisenbahn gebaut haben, und ich spare weiter jeden Dollar und Cent, und eh du dich's versiehst, werde ich genug Geld beisammenhaben, damit ich euch besuchen kann.«

Sarah klatschte in die Hände. »Oh Peggy! Das wäre großartig. Aber du wirst mir wirklich fehlen. Ich wünschte so sehr, du würdest mitkommen.«

Den Rest dieses sonnigen Nachmittags verbrachten sie damit, durch die verschiedenen Teile des Parks zu bummeln, plaudernd, lachend, kichernd. Peggy gab Sarah eine detaillierte Schilderung von Roxannes Hochzeit und Sarah erzählte der Freundin den neuesten Klatsch aus der Fabrik. Sie sahen einer Gruppe junger Männer beim Footballspiel zu. Sie zählten die jungen Enten und Schwäne auf dem See und bewunderten die neuesten Kleidermoden, die von vornehmen Damen mit Sonnenschirmen zur Schau gestellt wurden.

»Komm, Peggy! Wir müssen nach Hause und Essen machen«, drängte Sarah schließlich und rückte ihre Haube zurecht.

Widerstrebend erhob sich Peggy von der Parkbank. Sie ahnte, dass es wohl das letzte Mal war, dass sie ihren freien Tag mit der Freundin verbrachte.

Sarah machte sich gleich ans Kochen, sobald sie wieder in der Wohnung waren. James und John waren beide da und sie erzählten Peggy voller Begeisterung von ihren Zukunftsplänen.

»Wir haben genug auf die Seite gelegt, um viele Morgen Land zu kaufen«, sagte James stolz, »und so Gott will, werden John und ich ein schönes Holzhaus für uns bauen.«

»Wir werden das Land roden müssen, den Boden

umpflügen. Alles wird ganz neu«, fiel John ein. »Stell dir vor, Peggy, wir werden keine Pächter sein, wie wir es zu Hause in Irland wären, sondern unser Stück Land wird uns selbst gehören. Was wir abstecken, wird uns gehören! Es ist wirklich ein Land der tausend Möglichkeiten für irische Männer und Frauen.«

Peggy half Sarah, die Kartoffeln abzugießen und das gekochte Rindfleisch in Scheiben zu schneiden. Dann nahmen sie Platz und sprachen vor ihrer Mahlzeit ein Gebet.

Das Essen war gut, aber Peggy brachte nichts hinunter. Sie versuchte zu lächeln, während sie all den aufregenden Plänen lauschte.

»Wann fahrt ihr?«, fragte sie schließlich.

Die anderen verstummten für einen Augenblick.

»Es gibt noch Verschiedenes zu erledigen«, erklärte James. »Pferde und einen Wagen kaufen, unsere Angelegenheiten hier in Ordnung bringen, aber wenn alles gut läuft, wollen wir in spätestens zwei, drei Wochen los. Wir müssen fahren, solange das Wetter gut ist, damit wir vor dem Winter unter Dach und Fach sind.«

Stundenlang redeten und redeten sie. Peggy brach nur ungern auf, weil sie nicht sicher war, ob sie vor dem Aufbruch der Freunde noch einen weiteren freien Sonntag bekommen würde. Doch Sarah wurde müde, die Augen fielen ihr zu.

»Sarah! Du musst schlafen gehen«, sagte John. »Du hast morgen einen langen Arbeitstag vor dir.«

»Ach, es tut mir Leid«, seufzte Sarah. »Ich bin so eine schlechte Gesellschafterin. Zurzeit bin ich ständig schläfrig und erschöpft.«

Peggy stand auf. »Ich sollte mich jetzt wieder auf den Weg nach Rushton machen. Ich bin schon viel zu lange geblieben.« Sie gab sich Mühe, die Traurigkeit in ihrer Stimme zu verbergen. »Ich muss los, Sarah, ich habe einen langen Heimweg. Zum Glück ist es eine schöne Nacht.«

»Wann sehe ich dich wieder?«, fragte die Freundin.

Peggy überlegte. »Ich weiß nicht genau, aber ich müsste noch eine oder zwei Stunden freibekommen, oder einen halben Tag. Bevor ihr fahrt, besuche ich dich noch mal, das verspreche ich.«

Als sie sich von ihnen verabschiedete, merkte sie, dass James verschwunden war. Sie war erstaunt, ihn unten auf der Straße zu finden, wo er mit dem Wagen, den er und John für die Arbeit benutzten, und mit dem Pferd auf sie wartete.

»Erlaube, dass ich dich nach Hause bringe, Peggy!«, sagte er und half ihr auf den Vordersitz neben dem seinen.

Sie fuhren durch die fast ausgestorbene Stadt. James schwieg, in Gedanken versunken. Er war der ruhigere der beiden Brüder, ernster und zurückhaltender als John. Während sie durch die dunkle Gegend fuhren, begann er Peggy von seinen Träumen zu erzählen – von der Prärie, dem weiten blauen Himmel, den Mais- und

Weizenfeldern, den Büffelherden und der Blockhütte, die sie bauen wollten. »Einen blank gescheuerten Holzfußboden werden wir haben und eine Küche, in die den ganzen Tag die Sonne scheint«, sagte er hingebungsvoll. »Und einen Herd zum Kochen und Heizen und Vorratsschränke, in denen wir Nahrungsmittel für Monate aufbewahren können – es heißt, die Winter dort sind hart und man kann eingeschneit werden –, und einen schönen, großen, soliden Holztisch für die Familie und die Besucher, an dem man sitzen, essen und sich was erzählen kann.«

»Klingt herrlich«, sagte Peggy träumerisch.

»Im nächsten Winter wird ein kräftiges Feuer aus gefällten Baumstämmen in unserer Hütte brennen, ein paar bequeme Stühle werden davor stehen und ein Tisch mit einer Lampe darauf und sogar Bücherregale werden wir haben.«

Er hatte das Pferd immer weniger angetrieben und jetzt ging es fast im Schritt. Peggy spürte, wie er sie mit seinen graublauen Augen ansah – glücklicherweise war es zu dunkel, als dass er hätte merken können, wie sie rot wurde. James war ein gut aussehender junger Mann mit einem schmalen Gesicht und freundlichen Augen. Sein Haar war so tiefschwarz wie Sarahs und scheinbar immer ungekämmt. Er war groß und schlaksig und wirkte irgendwie unbeholfen. Er konnte fest zupacken. Seine Hände waren vom schweren Arbeiten rau und schwielig. Peggy kannte ihn schon, seit sie zusammen vor sechs Jahren von Queenstown aus auf der *Fortunata* nach Amerika gesegelt waren. Er war immer da gewesen. Zusammen waren sie zur Messfeier gegangen, hatten sich über die alten Zeiten in Irland unterhalten, waren durch Boston gestreift, hatten in kalten Wintern Schneeballschlachten veranstaltet und waren zum Eislaufen auf dem Fluss gegangen. Sie hatten bei irischen Festen in Mrs Byrnes Wohnzimmer miteinander Jig getanzt – schließlich war er Sarahs Bruder und ein guter Freund.

»Peggy«, sagte er, »Peggy, ich will dich was fragen.«

Sie hob den Blick und sah ihn an.

»Willst du mit uns kommen?«, fragte er plötzlich. »Ich meine, mit mir? Ich brauche einen Partner.«

Peggy entfuhr vor Schreck ein kleiner Kiekser.

»Willst du mich heiraten, Peggy, willst du meine Frau werden?«

Peggy wusste nicht, was sie sagen sollte. James hielt um ihre Hand an. Sie konnte es nicht glauben!

»Du und Sarah, ihr seid enge Freundinnen. Ihr würdet euch gut ergänzen. Wir könnten einander alle helfen, ein neues Leben im Westen anzufangen.«

Peggy schloss die Augen. Er brauchte nur einen Partner, einen, der beim Pflanzen, Viehfüttern und Kochen half. Das war alles. Er war einfach an ihre Anwesenheit gewöhnt.

»Was meinst du, Peggy?«, sagte er und griff nach ihrer Hand.

»James! Ich weiß es nicht. Ich habe schon mit Sarah gesprochen. Ich habe ihr gesagt, bis ihr euere Hütte fertig habt, wird vielleicht auch die Eisenbahn bis dorthin gehen, wo ihr schließlich gelandet seid, und dann würde ich gern kommen und euch besuchen.«

Er hielt ihre Hand und drückte sie behutsam. »Es kommt überstürzt, nicht wahr? Wahrscheinlich ist es nicht fair, dass ich so plötzlich damit herausplatze, noch dazu, wo wir so bald schon aufbrechen …«

Die Nachtluft war still und stickig, drückende Schwüle legte sich um Peggy, und aus den Gärten, an denen sie vorbeifuhren, wehte der Duft von Magnolien und Jasmin. Peggy wurde fast schwindlig und der Wagen holperte immer weiter über die engen Wege.

James ließ seinen Arm über ihre Schultern gleiten, Peggy saß stocksteif und kämpfte gegen die Versuchung, sich an ihn zu schmiegen. In einem Sturm verwirrender Gefühle hatte sie jede Orientierung verloren. Schließlich kamen sie in Sichtweite von Haus Rushton.

Neben dem großen Tor zur Einfahrt blieben sie stehen. Die Einfahrt und die Hecken schimmerten im Mondlicht. James schwieg und wartete auf ihre Antwort.

»Ein Zuhause. Ein richtiges, behagliches Zuhause«, sagte er lächelnd.

»James, ich fühle mich sehr geehrt, dass du mich gefragt hast … dass du um meine Hand angehalten hast … ich weiß nicht, was ich sagen soll. Verstehst du, ich würde gern mit euch dreien zusammenbleiben und zu eurem Leben gehören. Es ist nur …«, flüsterte sie kläglich, »meine Arbeit und mein Leben sind hier.« Und mit einer hilflosen Geste deutete sie auf das große Haus.

»Ich verstehe«, sagte James reserviert.

Peggy blieb sitzen, ihr war jämmerlich zumute. So wollte sie sich nicht von ihm trennen. »Können wir nicht einfach Freunde sein, James? Und ich verspreche, dass ich zu Besuch kommen werde.«

»Dann also Freunde«, antwortete er steif.

Plötzlich beugte er sich vor, fasste ihr unter das Kinn und küsste sie. Das hatte sie nicht erwartet. Ihr Verstand riet ihr, sich von ihm zu lösen, aber gleichzeitig genoss sie die Wärme seiner vollen Lippen und seinen Atem an ihrem Gesicht. Dann hob er den Kopf und seine dunklen Locken fielen ihm in die Stirn.

»Freunde!«, sagte er bitter.

Wie betäubt ließ sich Peggy aus dem Wagen helfen und ans Tor begleiten. Die Rowans sahen es nicht gern, wenn spät in der Nacht Fremde an ihrer Einfahrt auftauchten oder wenn ihr Hauspersonal so spät noch Besuch hatte.

»Leb wohl, Peggy!«, rief James, als sie sich langsam von ihm entfernte.

»Viel Glück!«, sagte Peggy. Sie musste sich gegen die Versuchung wehren, ihn zu umarmen, ihn gar zu bitten, dass er sie noch einmal küsse. Sie wollte nur noch auf schnellstem Wege durch die Küchentür und über die

Hintertreppe in ihr Zimmer flüchten. Zum ersten Mal war sie froh, dass Kitty nicht da war. Was sie jetzt brauchte, war nichts als Ruhe und Frieden und einen Ort, an dem sie sich ungestört die Augen ausweinen konnte.

Feuer im Gutshaus

Niemand konnte genau sagen, wie es angefangen hatte, aber wenige Tage nach dem Erntedankfest brach im Gutshaus Feuer aus. Lord Henry und seine Familie lagen in ihren Betten und auch das Hauspersonal schlief, da sprang wie ein Dieb in der Nacht die erste Flamme durch das zerbrochene Fenster und erfasste den hölzernen Rahmen und die Fensterläden. Sie schoss über die schweren, jahrhundertealten Damastvorhänge, das mürbe Gewebe zerriss und fing Feuer. Sie machte sich über die gebohnerten Fußbodendielen her, dann über die handgeschnitzten Sessel und die Gardinenleiste, bis hinauf zu den prächtigen Stuckdecken.

Finn, der große Irische Wolfshund, Lord Henrys Lieblingshund, fing zu heulen an und versuchte, aus der weiten, raucherfüllten Eingangshalle zu entkommen. Inzwischen wütete ein Flammenmeer in dem eleganten

Wohnzimmer, das geschwungene Erkerfenster platzte und flog auf den Rasen hinaus.

Lord Henry, der eine leichte Detonation gehört hatte, stand auf, fuhr in seinen seidenen Morgenmantel und trat an das Schlafzimmerfenster, um nachzusehen. Aber draußen war niemand. Plötzlich bemerkte er die hell lodernden Flammen, die über das Fensterbrett im Schlafzimmer leckten, und den Rauch, der durch die offenen Ritzen zwischen den Fußbodendielen heraufdrang. Aus dem Kamin in der Schlafzimmerwand kam ein Brausen, als ob jemand mit gewaltigen Blasebälgen Luft heraufpumpte.

Lord Henry lief zum Bett. »Wach auf, meine Liebe! Wir müssen sofort aus dem Haus.«

»Was ist los, Henry?«, fragte seine Frau schlaftrunken.

Er reichte ihr einen Morgenmantel und bat sie inständig, aufzustehen, weil »ein kleines Feuer« ausgebrochen sei.

Lady Buckland rief nach den Kindern und den Hausangestellten, ihr Mann steckte sich unterdessen den Schmuck aus ihrer Frisierkommode in die Tasche. Augenblicklich standen die beiden Mädchen in Nachthemden vor ihrer Zimmertür. Sie starrten entsetzt über das Treppengeländer: Ein Flammenmeer wälzte sich durch das breite Treppenhaus herauf.

»Wir müssen jetzt Ruhe bewahren, meine Lieben«, befahl Lord Henry.

Finn sprang zwischen ihnen herum, bellte wie besessen und knurrte das von unten kommende Feuer an. Gleichzeitig riefen sie alle: »AUFWACHEN! FEUER!«

Die Wirtschafterin erschien sofort. Sie hatte das Haar fest mit Stoffstreifen aufgewickelt und hielt eine lederne Reisetasche umklammert. »Meine Wertsachen«, erklärte sie.

»Weckt das ganze Haus!«, schrie Lord Henry und hoffte inständig, dass der Butler ihn hörte. »Wir müssen über die Dienstbotentreppe!«, rief er und lief durch die schmale Holztür voran zu dem Flur auf halber Treppe. »Beeilt euch. Solche alten Häuser brennen wie Zunder.«

Dichter Rauch hing überall in dem engen, verwinkelten Treppenhaus. Sie stürmten über die Treppe, der große Hund drängte sich vor und bellte wütend dem sich ausbreitenden Feuer entgegen. Die Schar der Flüchtenden vergrößerte sich schnell, da sich nach und nach die übrigen Hausangestellten anschlossen. Voll böser Ahnung stieß Lord Henry die Tür unten an der Treppe auf und trat auf den gefliesten Gang hinaus – lautes Knacken und Tosen war hier zu hören.

»Macht schnell! Macht doch schnell!«, kommandierte er barsch und alle hasteten in die große Küche. Bernard Delaney, der Butler, der sich hier auf vertrautem Territorium fühlte, hantierte fieberhaft an der schweren Tür und versuchte – obwohl er im Augenblick nur Kniebundhosen trug – den Eindruck zu erwecken, er habe die Lage voll im Griff.

»Beeilen Sie sich, Mann!«, drängte Lord Henry.

»Sind alle Dienstboten da?«, fragte Lady Martha besorgt. Sie gewann allmählich ihre Fassung zurück.

»Wo ist Lizzie?«, fragte Mary Keating, Lady Marthas persönliches Mädchen. »Und diese Neue?«

Mercy Farrell, die neben Mary stand, japste erschrocken. Lizzie Collins und das neue Mädchen, Dolores, schliefen ganz oben unter dem Dach. Lizzie konnte nach ihrem langen Arbeitstag in jeder Situation schlafen und war wegen ihrer lauten Schnarcherei in die entlegenste Kammer verbannt worden. Und Dolores, die die ganze Zeit Töpfe und Pfannen scheuerte und in der Spülküche abwusch, war etwas einfältig und hatte vielleicht nicht begriffen, worum es ging.

»Sie haben uns nicht gehört«, jammerte Mercy.

Die ganze Gesellschaft schwieg, als ihnen langsam dämmerte, in welch gefährlicher Lage sich die jungen Mädchen auf dem Dachboden befanden.

»Ich lauf hoch und hole sie!«, erbot sich Mercy. »Sie sind meine Freundinnen.«

»Meinst du wirklich, meine Liebe?«, fragte Lady Martha. Sie war sich nicht sicher, ob es klug war, zusätzlich das Leben eines weiteren Dienstmädchens zu riskieren.

»Diese Treppe rauf und runter zu laufen, bin ich gewohnt, Ihre Ladyschaft.« Und Mercy machte auf dem Absatz kehrt, rannte mit wehendem dunklem Haar durch die Küche, wieder durch die Tür und die

Treppe hinauf. Die anderen taumelten hinaus ins Freie.

Durch die Nachtluft konnten sie die Hofglocke auf der Farm läuten hören, die die Pächter zu Hilfe rief.

Lord Henry führte sie zur Vorderseite des Hauses. Als sie die brausenden Flammen durch die Fenster schlagen und über die ganze Hausfront lodern sahen, erkannten sie mit einem Schlag das wahre Ausmaß des Feuers.

»Oh mein Gott!«, rief Lady Martha und sackte auf dem Rasen zusammen.

»Wir müssen versuchen, das Haus zu retten!«, schrie Lord Henry. »Füllt Eimer, Kübel, alle Behälter, die ihr auftreiben könnt.« Es folgte totales Chaos und Durcheinander, als die hektische Suche nach Eimern begann.

Finn, halb verrückt vor Erregung, rannte allen vor den Füßen herum. »Um Himmels willen, Rose, hol einen Strick und binde den Hund an!«, schrie Lord Henry.

Innerhalb von Minuten war das Stallpersonal am Schauplatz erschienen. Michael hastete, so schnell er konnte, mit klopfendem Herzen neben Toss und Tom, Liam, Paddy und dem jungen Brendan her.

»Oh michael! Toss! Schafft Eimer her! Das Haus steht in Flammen!« Barfuß, nur mit ihrem weißen Baumwollnachthemd bekleidet und mit aufgelöstem, verstrubbeltem Haar, kam Miss Felicia angestürmt.

Brendan und Paddy liefen die Einfahrtsallee noch einmal zurück, um Eimer zu holen. Die anderen blieben vor Entsetzen wie angewurzelt stehen, als sie das brennende Haus sahen, dann schlossen sie sich eilends dem Hauspersonal, Lord Henry und Miss Rose an, die eine Menschenkette gebildet hatten. Die Kette reichte vom Seitenflügel des Hauses über den Kiesweg an der Rabatte entlang und über die steinerne Eingangstreppe hinauf. An der Pumpe wurden Eimer gefüllt und, so schnell jeder konnte, in der Reihe weitergereicht.

Die massive Eingangstür war binnen kurzem verbrannt und geborsten und ließ sich leicht mit Fußtritten zum Einsturz bringen. Jemand goss Wasser in die Eingangshalle, schüttete es auf die knisternden Flammen und brachte sie kurz zum Zischen. Toss und Bernard sprengten Wasser über die alte Großvateruhr, die in der Halle stand, dann stürmten sie hinein, hievten die Uhr hoch und schleppten sie nach draußen. Alle fassten mit an und transportierten sie mühsam über die Granittreppen auf den Rasen. Das Holz war noch warm und die eine Seite ziemlich angesengt, aber immerhin war sie aus dem Haus.

»Zwei Mädchen sind noch oben!«, schrie Felicia. »Und ein anderes ist rauf und will ihnen helfen!«

Michael spürte einen Stich im Herzen, als er merkte, dass Mercy in der Kette fehlte. Er musste sie suchen.

»Wo schlafen sie, Felicia?«, schrie er dem verwirrten kleinen Mädchen zu.

»Oben auf dem Dachboden, Michael. Mercy ist rauf und will sie holen.«

»Wo ist sie rauf?«

»Über die Dienstbotentreppe …«

Schon raste Michael über den Hof und durch die Küche. »Mercy!«, rief er.

Die Treppen waren kohlschwarz, und als er im Laufschritt hinaufstürmen wollte, stürzte er fast. Er hörte das Feuer knistern und donnern, als er durch die Finsternis höher stieg. »Mercy! Seid ihr unverletzt?«

Der Qualm war so dicht, dass es ihm fast den Atem nahm, er musste husten und niesen. Solcher Lärm herrschte hier, dass er nicht ausmachen konnte, ob ihn die jungen Frauen hörten oder nicht.

Er stieg weiter und hielt sich an dem schmalen Geländer fest. Die Tür zum ersten Treppenabsatz glühte feurig rot und würde wahrscheinlich in wenigen Minuten explodieren. Das Feuer auf der anderen Seite stand direkt dahinter. Er beschleunigte seine Schritte.

»Mercy!«, schrie er heiser.

Er meinte etwas zu hören. »Hier oben! Wir sind hier oben!« Es war Mercy.

Noch eine Treppe höher und das Geräusch des Feuers veränderte sich. Es hörte sich anders an hier oben, grollend, wie Donner, der über einem hereinbricht.

Michael öffnete die kleine Tür zum Dachboden. Er stieß einen erschreckten Laut aus, als er sah, dass ein Teil der Decke und des Dachs schon eingestürzt war. Feuerzungen, die aus dem Kamin schossen, hatten die Dachbalken in Brand gesetzt.

»Gott sei Dank!«, seufzte Mercy.

Die beiden anderen Mädchen saßen, starr vor Entsetzen und wie hypnotisiert, auf dem schmalen Bett. Mercy gab sich alle Mühe, sie wegzuzerren, aber sie brachte sie nicht von der Stelle.

»Raus hier!«, schrie Michael entschieden und packte Dolores am Arm. »Los, rührt euch!«

Als hätte er einen Zauberstab geschwungen, sprangen die beiden Mädchen auf. Er hatte den Bann gebrochen.

Michael riss ein Stück des alten, zerschlissenen Teppichs vom Boden. »Mir nach!«, befahl er und nur mit Mühe konnte er das Zittern in seiner Stimme verbergen.

Mercy hatte ein zusammengerolltes Bettlaken in der Hand. »Ich habe es feucht gemacht, Michael«, sagte sie. Sie legte sich das Laken um den Hals, hastete mit Lizzie und Dolores über den engen Absatz vor dem Dachboden und verbrannte sich die Hände an der Tür zum Treppenhaus. In der Dunkelheit auf der gewundenen, schmalen Holztreppe war nur mühsam Vorwärtskommen. Viel leichter wäre es gewesen, einfach zu fallen.

»Keiner redet!«, sagte Michael. »Die Luft ist zu verqualmt.«

Mercy hielt sich das eine Ende des Bettlakens vor den Mund und Lizzie, die hinter ihr ging, nahm das andere. Die Hitze wurde stärker, der Rauch brannte ihnen in der Kehle. So schnell sie konnten, kletterten und krabbelten sie die Treppe hinunter. Plötzlich war es nicht mehr finster, denn vor ihnen loderten gigantische orangegelbe Flammen auf und versperrten ihnen den Weg. Die ganze Schar stoppte. Sie kamen nicht weiter. Die Tür auf dem ersten Treppenabsatz war geborsten und Michael sah, dass der ganze Treppenbereich in hellen Flammen stand. Er blinzelte durch den Rauch. Es sah aus, als hätte erst ein Teil der Treppe Feuer gefangen – wenn sie durch dieses Stück kämen, wären sie in Sicherheit.

»Wir müssen da durch!«, sagte Michael gelassen. Mit jeder Sekunde rasten die Flammen höher die Treppe hinauf. Die Geländer waren zu heiß zum Anfassen.

Hastig faltete Mercy das schwere Bettlaken auseinander. »Wir gewinnen nur ein, zwei Sekunden damit«, murmelte sie.

Sie schleuderte es vor sich auf den Boden, und als die Flammen für einen Moment in sich zusammensackten, torkelten die vier weiter. Auf die Schmerzen in Beinen und Füßen achteten sie nicht. Im Nu hatte das Feuer das durchnässte Laken zerfressen, aber alle waren durchgekommen und rannten über die letzten Stufen hinunter.

Würgend und keuchend, stürzten sie in die Küche. Michael griff nach Mercys Hand und alle vier stolperten durch den Qualm und zur Tür hinaus ins Freie.

Dolores sackte im Schock zu Boden. Ihr krauses Haar war teilweise verbrannt und ihr Fuß angesengt. Sie war völlig durcheinander und verängstigt und wimmerte leise vor sich hin.

»Ich will mich nur noch in den See werfen und abkühlen«, sagte Lizzie. »Ich dachte schon, mein letztes Stündlein hat geschlagen.«

Mit einem Blick überschaute Michael die Szene auf dem Rasen vor dem Haus. Inzwischen waren mehr Hilfskräfte eingetroffen. In der Ferne sah er Lord Henry, der die Löschaktion leitete. An der Seite des Hauses, die zum See hin lag, hatten sie die großen Erkerfenster von Lord Henrys Arbeitszimmer eingeschlagen. Die Männer schleppten Bücher und Tische hinaus und versuchten, den schweren Mahagonieschreibtisch hinauszuwuchten, schienen damit aber nicht recht voranzukommen.

Michael ließ Mercys Hand los. »Ich muss ihnen helfen, Schatz. Bleib du hier. Ich komme gleich zurück, das verspreche ich dir!«

Er rannte hinüber, um mit dem Schreibtisch zu helfen, und achtete nicht auf den brennenden Schmerz, den er bei jeder Bewegung spürte. Das Arbeitszimmer war völlig durchnässt. Eimer um Eimer Wasser wurde gegen die Tür geschüttet, damit Paddy und Toss Gelegenheit fanden, Sachen hinauszureichen.

Der junge Brendan stand im letzten Abschnitt der Kette, und Michael merkte, dass er nach ihm rief.

»Was ist los, Brendan?«, fragte Michael und ging zu ihm.

»Ich mache mir Sorgen um die Pferde, Michael«, sagte Brendan.

»Denen geht's gut«, murmelte Michael. »Sie sind doch weit genug vom Haus weg.«

»Ich finde, wir sollten mal nachschauen.« Bevor Michael etwas einwenden konnte, war Brendan davongeprescht, und ohne zu wissen, warum, rannte Michael über die Einfahrtsallee hinter ihm her.

Der Rauchgeruch hing schwer in der Luft und die Pferde auf der entfernten Koppel wieherten ängstlich. Die Kutschpferde scheuten mit geblähten Nüstern, traten gegen die Umzäunung und versuchten, dem alles erstickenden Rauch zu entkommen, der vom Stallgelände herüberwehte. Als Michael und Brendan um die letzte Biegung der Allee kamen, sahen sie, dass der kleinere Heuschuppen lichterloh brannte. Aus den beiden angrenzenden Ställen drang kein Laut. Da wusste Michael instinktiv, dass die Pferde darin schon tot waren. In Panik begann Brendan, die Türen der anderen Ställe aufzureißen und die Pferde hinauszulassen.

»Pass auf!«, schrie Michael. Er wusste, dass die Tiere zu Tode entsetzt waren und sich wie wahnsinnig benehmen würden. Stumm und starr sah er zu, wie die verschreckten Pferde nun um sich traten und ausschlugen, als die Türen zu ihren Boxen geöffnet wurden. Troys Vorderläufe und Hufe trafen den Stalljungen unerwartet. Brendan lag gegen die Mauer gedrückt, Blut lief an seinem Arm herunter und Troy galoppierte davon.

Michael fluchte leise vor sich hin. Warum hatten sie nicht alle Pferde draußen gelassen? Warum hatten sie einige in den Stall gesperrt? Er fing an, die Pferde zu rufen, und bemühte sich dabei um den alltäglichen Klang seiner Stimme – so wie sie sie jeden Morgen hörten, wenn er zu ihnen kam. Hoffentlich würden sie ihn erkennen!

Pippin, Miss Felicias Pferd, wieherte. »Gutes Mädchen!«, sagte Michael beschwichtigend. Die Stute zitterte vor Angst, ihr zierlicher rehbrauner Körper bebte. Michael tätschelte und streichelte ihren Hals, griff in ihre Mähne und machte dabei vorsichtig die Boxentür auf, jeden Moment darauf gefasst, sie wieder zuzustoßen, falls Pippin sich aufbäumen würde. Doch Pippin ließ sich willig von ihm über den Hof und zu den anderen Pferden auf der Koppel führen. Hinter ihr ging das niedrige Balkengerüst ihrer Box krachend und berstend in Flammen auf, Heu und Stroh brannten in Sekunden.

Michael beschloss, alle Türen aufzumachen, die Pferde freizulassen und darauf zu hoffen, dass sie nicht scheuten und sich nicht selbst verletzten. Er hastete von Tür zu Tür, schob die wuchtigen Eisenriegel zurück und riss die Boxentüren auf.

Glengarry, von oben bis unten schweißnass, stieß und hämmerte gegen ihre Tür, um freizukommen. In der hinteren Ecke stand Morning Boy und rollte angstvoll die Augen. Die Stute hatte sich schon mehrfach verletzt und machte nun, außer sich vor Angst und Schmerz, die Situation für sich und ihr Pflegefohlen immer schlimmer. Michael begriff, dass sie, käme sie jetzt frei, einfach bis zum Umfallen galoppieren würde oder aber gegen alles, was ihr in den Weg käme, losgehen würde. Und was sollte dann aus dem Fohlen werden?

»Bring mir ein Halfter und das Leinenhalfter für das Fohlen«, schrie er. Hoffentlich hatte Brendan sich so weit wieder gefangen, dass er ihm helfen konnte. In wenigen Augenblicken war der Junge mit den Halftern da. Michael zerrte sich das Hemd vom Leib und kletterte auf die Boxentür. Er versuchte, auf der oberen Kante das Gleichgewicht zu halten und gleichzeitig Glengarrys Hufen auszuweichen. Das Halfter hatte er sich griffbereit über die Schulter gelegt. Er fasste nach dem Kopf der Stute, überrumpelte sie, indem er ihr blitzschnell sein Hemd über Nase und Augen warf und ihr so den Blick auf das Inferno ringsum versperrte. Im nächsten Moment hatte Michael ihr das Halfter übergestreift.

»Tür auf, Brendan!«, schrie er.

Die Stute bäumte sich auf und wehrte sich mit Tritten gegen den Zwang, aber Michael hatte sie fest am Halfter. Sie bockte, und er konnte sie nur mit Mühe halten, doch kaum waren sie aus dem Stall, ließ sie sich von ihm über den Hof führen. Brendan kam und schwenkte das Gatter zur Koppel auf, ließ die Stute ein und schloss es hinter ihr wieder. Glengarry war außer Gefahr.

Die beiden Jungen rannten zurück zu dem Fohlen im

Stall. Michael streifte ihm das vertraute Leinenhalfter über den Kopf und zerrte das verängstigte junge Pferd aus der Box. Der Hengst zuckte zurück und kam gegen die glühend heiße Tür. Er machte einen Satz und trat um sich, als er das glühende Holz an seiner Flanke spürte, das ihm die Haut anbrannte und versengte, und Michael und Brendan konnten ihn kaum bändigen. Doch draußen im Hof beruhigte er sich schließlich und mit viel gutem Zureden konnten ihn die Jungen auf die Koppel und wieder zu Glengarry bringen.

Als Toss auf der Suche nach Michael und Brendan zu den ausgebrannten Ställen kam, hatten die beiden Jungen die meisten Pferde gerettet – viele waren einfach verschwunden, Gott weiß wohin galoppiert, und man würde sie morgen suchen müssen. In der Geschirrkammer hatten die beiden Jungen immer wieder Wasser auf die Flammen geschüttet und sie damit vor der restlosen Vernichtung bewahrt. Aber der Heuschuppen war nicht mehr vorhanden und die Remise nahezu ruiniert.

»Guter Gott!«, rief Toss und ließ seinen Blick über den Schauplatz der Zerstörung wandern. »Unmöglich können die Flammen vom Haus bis hierher übergegriffen haben. Das Feuer war eine geplante Tat und ein gemeiner Schuft hat sie begangen«, sagte er und verengte seine Augen zu schmalen Schlitzen.

Michael und Brendan nickten unglücklich, ihr Meister sprach aus, was sie selber insgeheim dachten. Das

Feuer im Gutshaus und in den Ställen von Castletaggart war eindeutig kein Zufall. Und Michael hatte einen Verdacht.

Lichterloh brannte das Haus weiter. Es war der Anfang vom Ende eines vertraut gewordenen Lebens. Drückend hing der Geruch nach brennenden Balken und glühendem Mörtel in der Luft, hatte etwas Würgendes, Undurchdringliches, alles Einhüllendes, kroch durch Nase und Mund und blieb den Leuten schwer in der Magengrube liegen.

Haus Castletaggart leuchtete in hellem Rot, die leer klaffenden Fenster glühten in einem Rausch lodernder Farben. Höhnisch tanzten die Flammen durch das Dach und sprangen aus den hohen Schornsteinen. Keine Wassereimer, keine Löschwagen, keine Menschenketten konnten das Feuer jetzt noch aufhalten, als es seinem lustvollen Sieg entgegenstürmte.

Die große Eingangshalle, wo man einst die Totenwache für die gütige alte Lady Buckland gehalten hatte, wo man sich zur Jagd von Castletaggart getroffen hatte, wo sich Besucher eingefunden hatten, um ihre Aufwartung zu machen, diese Halle war jetzt, da das alte Haus im Sterben lag, ein riesiger, offener, klaffender, schmerzerfüllter Schlund.

Die Helfer gaben erst auf, als Lord Henry ihnen Einhalt gebot. Niedergeschlagen und schleppenden Schritts ging er an der Reihe der Helfer vorbei. »Es hat keinen

Zweck, Freunde! Wir können nichts mehr tun!« Sein breites Gesicht war von der Hitze gerötet, dunkle Schatten der Erschöpfung lagen unter seinen Augen.

Die Dienstmädchen, die Köchin und viele andere Angestellte begannen zu schluchzen, als man die Eimer fallen ließ und die Pumpe zum Stillstand brachte. Tiefes Schweigen senkte sich herab, während das Feuer weiterraste und alles fraß, was ihm in den Weg kam.

Rose Buckland und ihre Mutter standen stumm wie zwei Gespenster und mussten zusehen, wie ihr Zuhause vernichtet wurde.

Plötzlich entstand Unruhe, und Michael sah, dass noch mehr Pächter aufgetaucht waren. Sie hielten sich abseits unter ausladenden Kastanien und beobachteten die Szene. Deutlich konnte Michael sie nicht sehen, glaubte jedoch, Peadar unter ihnen auszumachen.

Dann tauchte eine Kutsche mit zwei Pferden in der Einfahrtsallee auf und Michael erkannte Philip Delahunt, einen Freund des Lords. Mit grimmiger Miene fuhr Mr Delahunt bis vor das Haus. Michael lief hin, um die Pferde zu halten.

»Guter Gott! Wie um alles in der Welt ist das passiert?«, fragte Mr Delahunt beim Aussteigen. »Wo sind Henry und seine Familie?« Michael zeigte es ihm.

Mr Delahunt hatte eine schroffe Art und unnötiges Geschwätz war nicht seine Sache. Er sah sich das Haus eine Weile an, dann ging er eilig zu Lady Buckland und

Rose, die auf dem Rasen standen. Offenbar wollte er sie zu etwas überreden. Bald darauf mischte sich auch Lord Henry in das Gespräch, und das Resultat war, dass die Damen langsam mit Mr Delahunt zur Kutsche gingen.

Plötzlich rief eine einzelne Stimme von den Kastanien her: »Räuchert sie aus!«

Lady Buckland hob den Kopf und zog den Gürtel ihres Morgenmantels straff. Sie reckte stolz das Kinn und murmelte durch kaum geöffnete Lippen: »Rose! Du sagst kein Wort!«

Rose schluckte schwer, ihre Augen füllten sich mit Tränen, doch sie gehorchte und stieg hinter ihrer Mutter in die Kutsche.

»Wo ist Felicia?«, fragte Lady Buckland mit zitternder Stimme.

»Dort drüben«, sagte Michael und zeigte auf das kleine Mädchen, das im Nachthemd und mit aufgelöstem hellbraunem Haar auf die Kastanien zumarschierte. Michael rannte durch die Menge hinter ihr her.

Vor der Gruppe unter den Bäumen machte Felicia Halt. Wie sie so dastand in ihrem weißen, wehenden Baumwollnachthemd, wild um sich blickend, mit bleicher Haut und wirrem Haar, erschien sie aller Welt wie eine Todesfee.

»Ich habe gehört, was ihr gesagt habt!«, rief sie. »Ich weiß, was ihr getan habt!«

Michael packte sie am Ellbogen. »Kommen Sie, Miss

Felicia, Sie holen sich noch den Tod. Ihre Mutter, Miss Rose und Mister Delahunt warten auf Sie.«

»Ich hasse euch!«, schrie sie, ohne auf Michael zu achten. »Jeden Einzelnen von euch! Bleibt doch in euren stinkenden, dreckigen Hütten. Ihr habt das schönste Haus im ganzen Bezirk zerstört. Mein Vater ist ein guter Mann – er hat immer nur das Beste für euch getan, und so dankt ihr es ihm!«

»Bitte, Miss!«, drängte Michael und zerrte sie am Ärmel. Das elfjährige Mädchen schien einem Zusammenbruch nahe.

»Geht doch zurück nach England!«, murmelte jemand.

Wie von einem Schuss getroffen, prallte Miss Felicia zurück. »Ich bin dort in diesem Zimmer auf die Welt gekommen.« Sie deutete zum Haus. »Ich bin so irisch wie ihr alle. Aber das ist euch ja egal. Wenn wir weggehen, wem werdet ihr denn dann die Schuld zuschieben? Ich will euch sagen, was passieren wird.« Sie lachte hysterisch. »Ihr werdet euch untereinander bekämpfen, das sagt mein Vater immer. Ihr werdet euch bekämpfen und einander totschlagen, so wird es nämlich kommen. Ihr könnt euch alle zur Hölle scheren. Dann werdet ihr schon sehen, wie es ist, wenn wir uns nicht um euch kümmern!«

Die Menge schwieg, als ihnen Felicia den Rücken kehrte.

»Mich friert, Michael!« Sie fröstelte.

Michael wusste nicht, was er denken sollte, als er dem zornigen kleinen Mädchen in die Kutsche half und in die ausgebreiteten Arme von Mutter und Schwester.

»Es tut mir so Leid, was passiert ist«, sagte er und holte tief Luft. Doch die drei Frauen schienen ihn nicht zu hören. Die Kutsche wendete, die Räder knirschten über den Kies, dann rollten sie die Einfahrt hinunter und ließen Haus Castletaggart hinter sich.

Abschied und Versprechen

Haus Castletaggart brannte stundenlang, und als der Tag graute, glimmten die dicken Balken immer noch. Finn lag auf der untersten Treppe vor der Tür und bewachte das Haus trotz der Hitze und des lauten Knackens, das aus dem Innern drang.

Jemand war mit Kleidern für Lord Henry gekommen. Vertieft in ein ernstes Gespräch mit Philip Delahunt, George Darker, seinem Verwalter, sowie zwei anderen Bekannten, schritt der Gutsherr langsam um das Gebäude herum. Toss hatte ihm von den brennenden Ställen erzählt, doch diese Nachricht schien Lord Henry gar nicht aufzunehmen.

Die geretteten Möbel, Bücher und anderen Habseligkeiten hatte man auf Wagen geladen und abtransportiert.

Die Hausmädchen, die Köchin, das Küchenpersonal, der Hauslehrer, Butler Bernard – alle saßen erschöpft im Gras. Auch Michael ließ sich fallen und lehnte sich gegen einen Buchenstamm, er streckte die Beine und lauschte dem Wind, der raschelnd durch die Blätter fuhr. Er war so müde, dass er das Gefühl hatte, er würde ewig schlafen, wenn er nur die Augen zumachte. Er dachte an Morning Boy und dessen Mutter Ragusa und alle anderen Pferde, die er hier gepflegt hatte, er dachte an alles Gute, das er erlebt hatte, seit er zum Arbeiten auf das große Anwesen gekommen war, und er dachte daran, wie stolz er auf seine erste richtige Stelle gewesen war und darauf, dass er mit so berühmten Pferden arbeiten konnte. Jeden Tag war er an diesem Haus vorbeigeritten, hatte seine Pracht bewundert, seine dicken Mauern, und hatte sich ausgemalt, wie die Räume wohl von innen aussehen mochten. Es war eine andere Welt. Gelegentlich hatte er diese Welt vielleicht mit Neid betrachtet, aber immer auch mit Achtung.

Das alte Haus ächzte, als der ganze rückwärtige Teil in sich zusammenfiel. Michael stiegen die Tränen in die Augen. Was für Zeiten musste ein Haus wie dieses wohl erlebt haben!

»Was heulst du?« Toss stand mit gespreizten Beinen vor ihm.

Michael wischte sich die Nase mit dem Ärmel seines

verräucherten Hemdes und schluckte. »Das Haus, Toss. Wirklich, das Haus wird mir fehlen – allein der Anblick, verstehst du.«

Mit ungewohnter Heftigkeit boxte ihm Toss in die Seite.

»Weinen willst du, Michael O'Driscoll? Dann weine über das Land hier. Dieses Land kann unsere Pferde ernähren und unsere Kühe und es schenkt uns eine reiche Ernte. Was glaubst du, wird mit dem Land jetzt passieren, wenn die Gutsherren weggehen? Das werden Städter und Makler unter sich ausmachen, die werden sich drum balgen. Die Hälfte der Leute, die du hier siehst, wird man in ein, zwei Wochen von ihrem Pachtland gejagt haben. Iren werden gegen Iren kämpfen. Wie der Hunger, der sich mal unter uns ausgebreitet hatte, so wird sich dieser Brand – dieser Brand, das sage ich dir, über das Land ausbreiten. Es wird nie mehr so sein wie früher.«

Michael war verwirrt. Was redete Toss da? Er musste ein paar Whiskeys getrunken haben oder so. Komisch, aber Miss Felicia hatte etwas Ähnliches gesagt.

»Es gibt viel zu tun, Michael«, sagte Toss barsch. »Die Pferde brauchen uns. Mach dich wieder an die Arbeit.«

Ohne Widerrede rappelte sich Michael auf. Er warf einen letzten Blick auf die schwelende Hülle des großen Gutshauses, dann trottete er in Richtung Koppeln.

Zwei Tage später erschien Lord Henry wieder auf dem Gut. Er kam in Mr Delahunts Einspänner.

Toss ließ die Pferdeknechte und Stallburschen in einer Reihe antreten. Keiner hatte viel Gelegenheit zum Essen, Trinken oder Schlafen gehabt, sodass sie alle struppig und zerzaust aussahen. Lord Henry wirkte selber zehn Jahre älter und machte einen zurückhaltenden Eindruck.

»Liebe Leute, ich möchte euch allen für die übermenschliche Anstrengung danken, die ihr Dienstagnacht auf euch genommen habt. Ich weiß es wohl zu schätzen.« Er hüstelte, seine Augen wanderten kurz über die umzäunten Koppeln, die ausgebrannten Ställe und blieben an der Stelle von Old Toms Box hängen. »Der Verlust insgesamt ist riesig – enorm –, wie ihr euch sicher vorstellen könnt.«

»Sie können das Haus wieder aufbauen, Ihre Lordschaft, die Ställe auch«, murmelte Pat mit Hoffnung in der Stimme.

Seine Worte hingen in der reglosen Luft.

»Das glaube ich nicht«, sagte Lord Henry langsam. »Meine Familie und ich, wir beabsichtigen, unser Haus in London zu beziehen; wir haben auch einen kleinen Besitz in Suffolk, den mir mein Onkel vor ein paar Jahren hinterlassen hat. Ich fürchte, Haus Castletaggart wird nicht mehr aufgebaut werden, jedenfalls nicht von mir.«

»Aber was ist mit unseren Arbeitsstellen? Und den Pferden?«, rief Liam Quigley.

»Deshalb bin ich gekommen, guter Mann. Leider werde ich das Beschäftigungsverhältnis nicht fortsetzen können. Ich werde keine Jäger mehr brauchen und die Rennpferdezucht werde ich nicht hier in Irland weiterbetreiben.«

In Michaels Kopf drehte sich alles. Jetzt hatte er keine Arbeit. Keine Bleibe.

»Meine Familie und ich möchten euch danken für die vielen Jahre, die ihr uns treu gedient habt«, fuhr der Gutsherr fort. »Mein guter Freund Philip Delahunt will etliche Ponys kaufen, auch ein paar Arbeitspferde – am Rennsport hat er leider kein Interesse. Der übrige Zuchtbestand wird verkauft. Toss, kann ich dich kurz unter vier Augen sprechen?«

Lord Henry nahm Toss ein paar Minuten beiseite, die anderen blieben stumm und abwartend stehen. Schließlich kam Lord Henry zurück und sprach weiter.

»Ich wünsche euch allen viel Glück bei der Suche nach neuen Arbeitsstellen«, sagte er förmlich. »Mr Byrne hier wird euch gute Empfehlungsschreiben ausstellen. Ich glaube, manche von euch müssen noch ihren Lohn erhalten. Ihr werdet zweifellos verstehen, dass ich im Augenblick nicht eben üppig mit Bargeld ausgestattet bin, aber ich verspreche euch, dass ich alles tun werde, um euch, sobald ich kann, für eure Zuverlässigkeit und Arbeit zu entschädigen.«

Dann schüttelte der Gutsherr Toss die Hand, drehte sich um und ging zum Einspänner zurück.

Michael schwirrten Fragen durch den Kopf, Fragen nach seiner Stelle, seiner Arbeit und seiner Zukunft, aber seine tiefste Sorge im Moment galt Morning Boy und Glengarry, die beide auf der hinteren Koppel standen und sich erst von ihrem Schock erholen mussten. Ohne nachzudenken, stürmte Michael hinter Lord Henry her.

»Entschuldigen Sie, Sir! Was wird aus der Stute Glengarry? Und aus Morning Boy?«

Lord Henry hielt an.

Michael stellte sich ihm in den Weg. »Sie sind da drüben, Sir!«, sagte er und ging voran. Lord Henry und Toss folgten.

Die Stute war nervös, sie hielt den einen Fuß leicht angehoben.

»Sie ist lahm, Lord Henry«, sagte Toss. »Sie hat gegen die Boxwand getreten.«

Dicht neben ihr stand Morning Boy, die Ohren angelegt, und achtete nicht weiter auf die Menschen. Mit zurückgebogenem Kopf versuchte er an der verbrannten Seite seines Rückens zu lecken. Er witterte den Geruch der Salbe, die ihm Toss und Michael auf die Wunde gestrichen hatten.

Lord Henry blinzelte in der Sonne und sah die beiden Pferde an.

»Er ist Ragusas Fohlen«, unterbrach Michael seine Gedanken. Ihm war klar, dass der Hengst im Moment wie sonst irgendwer, nur nicht wie ein Champion wirkte.

»Natürlich! Ragusa war eine der besten Stuten, die wir hatten«, murmelte Lord Henry. »Ein hervorragendes Rennpferd. Meinst du, Toss, wir können die beiden nächste Woche mit nach Sussex nehmen?«

Toss betrachtete die Stute und den ängstlichen Hengst.

»Das wäre zu viel für sie. Mit der Stute ist im Augenblick nichts anzufangen. Nein, sie würden so eine lange Reise nicht überstehen.«

Michael versuchte, die Traurigkeit zu unterdrücken, die ihm die Kehle zuschnürte, als hier über das Schicksal der Pferde entschieden wurde. Rennpferde waren leicht erregbar und brauchten ganz besonders viel Pflege und Fürsorge. Auf Schnelligkeit gezüchtet, reizbar und überempfindlich, eigneten sie sich kaum für andere Zwecke. Keiner würde sie in ihrer jetzigen Verfassung kaufen.

»Wie viel schulde ich dir, Junge?«, fragte Lord Henry plötzlich.

»Zwei Monatslöhne«, sagte Michael. Verlegen sah er zu Boden.

»Könntest du dir vorstellen, statt Geld eins der beiden Pferde als Bezahlung anzunehmen? Außerdem möchte ich dich wissen lassen, dass ich dir sehr dankbar bin für dein heldenhaftes Verhalten, das du am Dienstag bei der Rettung einiger der weiblichen Angestellten gezeigt hast.«

Michael nickte, obwohl er nicht wusste, ob er den

Hengst oder die Stute mit den traurigen Augen bekommen sollte.

»Verzeihung, Eure Lordschaft«, unterbrach Toss, »die beiden gehören zusammen, und Michael hier ist der Einzige, dem es vielleicht gelingt, aus beiden etwas zu machen. Überlassen Sie ihm beide.«

Michael stand reglos. Er wollte sich das warme Gefühl der Hoffnung nicht anmerken lassen, das in ihm aufkeimte.

»Er verdient die Chance also? Nun, dann muss ich sie ihm wohl beide überlassen, teils als Bezahlung, teils als Anerkennung. Sie gehören dir, junger Mann, ganz allein dir.«

»Danke, Sir, ich werde mein Möglichstes für die Pferde tun. Sie werden in guten Händen sein, das verspreche ich Ihnen.«

»Dann will ich nicht daran zweifeln, Michael O'Driscoll, ich will nicht daran zweifeln.« Lord Henry Buckland kehrte zu dem Einspänner zurück. Er schnalzte dem Pferd, und es trabte mit ihm vom Stallgelände davon, fort von dem Ort, den er so geliebt hatte.

Michael brauchte Zeit, um diese neue Wendung zu verdauen. Was für eine Vorstellung – er war der neue Eigentümer von Glengarry und Morning Boy!

»Du dummer Junge«, rief Pat Gallagher. »Was haben solche Pferde für einen Wert für dich? Du hättest auf deinen richtigen Lohn warten sollen. Die Stute ist zu lahm, die gehört eigentlich eingeschläfert. Wie zum Teufel willst du die zwei ernähren, wenn der Winter kommt? Wie willst du sie warm und trocken halten?«

»Bist du verrückt, Michael!«, stöhnte Brian. »Du hättest nach England oder Amerika gehen können. Was belastest du dich mit zwei Pferden, die nicht viel wert sind?«

Michael zog die Schultern hoch. Vielleicht hatten seine Freunde Recht. Wie sollte einer wie er solche Pferde halten?

Toss sagte nicht viel. »Ich geh mit der Familie nach England. Mal sehen, wie es da drüben ist. Eine Weile will ich's probieren. Gibt hier ohnehin nicht viele Möglichkeiten für mich.«

Am späten Nachmittag zog eine ganze Prozession von Dienstboten die lange Allee hinunter, alle mit irgendwelchem Kleinkram beladen, den sie vor dem Feuer hatten retten können. Michael wartete, bis er Mercy Farrells dunklen Haarschopf entdeckte. Sie stürmten aufeinander zu und umarmten sich.

»Mercy! Wo gehst du hin?«, fragte er.

»Ich geh wieder nach Hause, Michael. Die werden sich ganz schön wundern in meiner Familie, wenn sie mich nach so langer Zeit wieder sehen, das kann ich dir sagen. Lizzie fährt mit der Familie nach England, aber mehr Hauspersonal wird nicht gebraucht.« Ängstlich sah Mercy ihn an. »Und du, Michael? Was wirst du anfangen?«

»Ach Mercy! Ich wünschte, das wär alles nicht passiert! Jetzt kann ich dir nichts bieten.« Unglücklich hielt er ihre Hand, er kam sich vor wie entwurzelt.

»Es wird schon werden, Michael. Ich gehe nur nach Athlone, in meine Heimatstadt. Frag nach Paddy Farrell und jeder wird dir die Schlosserei von meinem Vater zeigen. Ich bin nicht allzu weit weg.«

Er zog ihr Gesicht zu sich heran, küsste ihre Augenlider, die Nase und zuletzt ihre weichen, warmen Lippen.

»Ich vergesse dich nicht, Michael, Liebster«, hauchte sie.

»Ich werde dich finden, Mercy. Sobald es geht, das verspreche ich dir.«

Michael verfluchte das Gesindel, das für all das verantwortlich war – Peadar und seine Kumpane. Alles ringsum hatten sie vernichtet. Jetzt verließ ihn auch noch das Mädchen, das er liebte. Mercy küsste ihn ein letztes Mal, dann brach sie auf und Michael stand allein auf der von Bäumen begrenzten Einfahrt.

Michael dachte daran, dass er früher in Castletaggart, als er ein Kind war, ein kleiner Junge noch, jedes verletzte Tier und jeden lahmen Vogel, den er aufgabelte, mit nach Hause in den Laden gebracht hatte. Und dort, in der hinteren Küche, hatten seine beiden Großtanten Nano und Lena und seine Schwester Eily das arme Tier bemuttert und gehätschelt und ihm, Michael, bei der Pflege geholfen. Den Laden gab es längst nicht mehr, aber vielleicht könnte er zu seiner älteren Schwester und ihrer Familie gehen? Eily war gut, freundlich und klug. Sie würde einen Ausweg wissen. John und sie würden ihm mit den Pferden helfen, davon war er überzeugt. Sie hatten einen Hof, einen kleinen Pachthof nur, aber für eine Weile wäre es für ihn und die Pferde immerhin eine sichere Bleibe. Ja, das war's. Genau dorthin wollte er gehen und so lange bleiben, bis sich die Pferde so weit erholt hatten, dass er mit ihnen losziehen konnte. Und wie schön wäre es, Eily, Nano, Mary-Brigid, den kleinen Jodie und John wieder zu sehen!

Nachtwache

Eily ging auf dem Steinfußboden hin und her. Dunkelheit hatte sich um die Hütte gelegt und hinter den kleinen Fensterscheiben war es schwarz.

»Was ist denn los mit dir, Kind?«, fragte Nano besorgt. »Den Tisch hast du jetzt mindestens dreimal abgewischt und du bringst mich und Mary-Brigid ganz aus dem Häuschen mit deinem ewigen Hin und Her. Du bist ja wie ein Huhn auf einem heißen Blech! Setz dich mal eine Weile hin, um Himmels willen, und komm zur Ruhe!«

»Ich mache mir wirklich Sorgen, Nano«, seufzte Eily und fuhr sich mit den Fingern durch das Haar. »John hätte schon vor mindestens zwei Stunden nach Hause kommen müssen und immer noch keine Spur von ihm! Meinst du, es könnte ihm was passiert sein?«

»Scht, Eily!«, mahnte Nano und legte ihren Finger an die Lippen. Sie hatte bemerkt, dass Mary-Brigid, die auf der Matte vor dem Feuer saß und mit Scrap, dem orangefarbenen Kätzchen spielte, den Kopf hob und herübersah. »Er wird bestimmt bald da sein, Eily. Du wirst sehen, er hat einen triftigen Grund, dass er nicht zum Essen gekommen ist.«

»Ja, ja, kann sein, du hast Recht«, murmelte Eily und versuchte, sich zu beruhigen. Dann blinzelte sie doch wieder in die Finsternis hinaus. »Mary-Brigid, du müsstest schon seit Stunden im Bett liegen. Morgen in der Schule wirst du einschlafen. Komm, ich kuschel dich auch schön ein.«

Mary-Brigid gähnte herzhaft. Sie wollte nicht schlafen gehen, solange ihr Daddy nicht zu Hause war. Was, wenn er sich im Wald verirrt hatte? Oder wenn ihn die Feen mitgenommen hatten? »Nein!«, sagte sie störrisch. »Ich muss aufbleiben, bis Daddy kommt.«

Ihre Mutter kniete sich neben sie. »Hör zu, mein Liebling, ich weiß, dass du dir Sorgen machst und dass du Angst hast wie ich, aber du musst schlafen. Ich verspreche dir, sobald Daddy zur Tür hereinkommt, wird er in die Schlafkammer gehen und dir Gute Nacht sagen.«

Mary-Brigid kraulte das helle Bauchfell des Kätzchens und überlegte sich die Sache. »Darf dann Scrap heute Nacht am Fußende von unserem Bett schlafen?«

»Du bist mir ja ein Schlaumeier«, sagte ihre Mutter schmunzelnd. »Die arme Nano wird vielleicht nicht gerade entzückt sein, wenn sie das Bett mit der Katze teilen soll!«

»Bitte, Nano!«, bettelte Mary-Brigid. »Bitte! Bitte!«

»Dass mich dieses Kind aber auch immer um den Finger wickeln kann!«, sagte Nano und ließ den Strumpf sinken, den sie gerade stopfte. »Du kannst die Katze ein Weilchen zur Gesellschaft mitnehmen, aber dann, wenn ich zu Bett gehen will, wird sie mit der Küche vorlieb nehmen müssen.«

»Danke, Nano! Du bist die beste Tante der Welt«, sagte Mary-Brigid schläfrig lächelnd. Sie drückte das Kätzchen fest an sich und folgte ihrer Mutter aus der Küche.

Zwei weitere Stunden vergingen und auch Nano war weggedöst – sie hatte unbedingt mit Eily warten wollen. Plötzlich hörte Eily von draußen zwei fremde Männerstimmen. In Panik griff sie nach dem langen eisernen Schürhaken, der auf dem Herd lag. Die Männer kamen näher. Was wollten sie? Vielleicht waren sie betrunken? Dann klopfte es leicht an der Tür.

»Machen Sie auf, Missis!«, rief jemand. »Haben Sie keine Angst – wir tun Ihnen nichts.«

»Geht weg!«, zischte sie laut.

»Missis! Wir haben Ihren Mann, John, bei uns. Machen Sie auf und lassen Sie uns ein!«

Eily stand stocksteif, sie wusste nicht, ob sie dem Mann glauben sollte oder nicht.

»Eily! Eily!« Sie erkannte die Stimme ihres Mannes sofort und lief zur Tür. John war draußen, gestützt von zwei Fremden; er konnte kaum stehen.

»Allmächtiger Gott!«, schrie Eily auf.

»Hat eine kleine Schlägerei gegeben, Mrs Powers, auf der Pächterversammlung und ...«

»Was? Mit wem hast du dich geschlagen? John, wie bist du in so was verwickelt worden? Bist du schlimm verletzt?« In ihrer Verwirrung schrie Eily auf ihren jungen Mann ein.

Die Männer achteten nicht auf sie und ließen John in den alten Sessel am Kamin gleiten.

»Ahhh!« Er stöhnte vor Schmerz.

»Das wird schon wieder, Missis. Sieht viel schlimmer aus, als es ist«, brummte der ältere, grauhaarige Mann. Fast verlegen schlurfte er wieder zur Tür.

»Vielen Dank, dass Sie ihn nach Hause gebracht haben«, sagte Eily förmlich. Sie wollte diese Fremden und die ganze Aufregung, die sie hereingetragen hatten, schnellstens aus dem Haus haben. Als könnten sie Eilys Gedanken lesen, verdrückten sich die Männer wieder in die Nacht hinaus. Eily schloss erleichtert die Tür hinter ihnen. »John, um Himmels willen, was ist passiert?«

»Ich war auf einer Pächterversammlung«, murmelte

er durch geschwollene, blutende Lippen. »Aber passiert ist es hinterher, als wir nach Hause wollten. Paddy Hennessy traf zufällig auf diesen Wucherer, Hussey, den Gutsverwalter. Paddy hat ihn angebrüllt und ihm Schimpfworte an den Kopf geworfen. Hussey hat gesagt, er soll damit aufhören, aber du kennst ja Paddy, wenn er in Rage ist. Er muss verrückt geworden sein, er hat sich mit Hussey angelegt – hat sich auf ihn gestürzt und ihm volle Pulle eine geknallt. Da hat Hussey ihm eine verpasst und danach ist Hennessy völlig ausgerastet. Im nächsten Moment haben sie sich auf der Erde gewälzt und nach Strich und Faden verdroschen. Ich und ein paar andere wollten dazwischengehen und die Streithähne trennen, da kamen Husseys Freunde aus der Schänke und sind auf uns los. Wir mussten uns wehren, Eily.«

Johns Gesicht war übel zugerichtet, ein Auge ganz und gar zugeschwollen. Beide Hände waren blutig, die Knöchel wund und aufgerissen. Die Haut unter seinem Hemd war fast zu Brei gedrückt, zumindest an den Stellen, wo man ihm mit schweren, genagelten Stiefeln auf dem Brustkorb herumgetrampelt war.

Eily goss warmes Wasser in eine Schüssel, dann badete und reinigte sie Johns Wunden mit einem feuchten Handtuch.

Nano rührte sich. Sie riss die Augen weit auf, als sie Johns Verfassung sah, ging zu ihm und wollte ihm gut zureden.

»Schon gut, Nano«, sagte er mit verzerrtem Gesicht

und suchte nach einer Erklärung. »Ich bin nur in eine Schlägerei geraten.«

Die alte Frau war nicht zu bremsen in ihrer Besorgnis und bestand darauf, ihm eine Tasse Tee aufzubrühen. Er tat sein Möglichstes, sie zu trinken, obwohl der Tee an seinen aufgesprungenen, entzündeten Lippen brannte. Nachdem sein Gesicht sauber und das Blut abgewaschen war, konnte man die Schwellungen und Spuren der Schläge deutlich sehen.

»Was für ein lieblicher Anblick«, versuchte er zu witzeln, als ihn Eily und Nano eingehend musterten.

»Wer hat dich so zugerichtet, mein Schatz?«, fragte Eily. Sie streichelte sanft über seine Wange.

»Ein paar Schränke von Kerlen, Freunde von Hussey. Aber meine Nase, glaube ich, hatte ein Wachtmeister in der Mangel.«

»Ein Wachtmeister! Oh mein Gott, John, was wird jetzt geschehen?«, stöhnte Eily.

»Ich weiß es nicht«, seufzte er müde und verbarg sein Gesicht in den Händen.

»Du weißt es nicht!«, rief Eily fast hysterisch. »Wir haben morgen Früh vielleicht einen Wachtmeister vor der Tür stehen, und dir fällt dazu weiter nichts ein, als du weißt es nicht.«

»Scht, Eily!«, beschwichtigte Nano. »Hat dich jemand erkannt, John?«

»Hussey vielleicht. Aber ich schwöre, Nano, ich habe ihn nicht angerührt. Paddy hat ihn ganz schön vermöbelt … die anderen habe ich alle nicht gekannt, soweit ich mich erinnere.«

»Bist du sicher, John?«, fragte Nano und sah ihn ernst und eindringlich an.

»Ja, ja, Nano! Ziemlich sicher.«

»Dann können wir nur beten, dass der Ärger Halt macht vor dieser Tür«, murmelte sie. »Das ist alles, was wir tun können. Die Polizei wird hinter Paddy her sein. Den schnappen sie sich.«

Eily setzte sich John gegenüber. Sie hatte die Augen fast geschlossen und bemühte sich, ihre aufsteigende Angst zu verbergen und ihre Wut darüber, dass John ihr Pachtverhältnis aufs Spiel gesetzt hatte.

»Ich denke, ich geh jetzt zu Bett«, sagte Nano diplomatisch und verschwand in das kleine Hinterzimmer, das sie mit Mary-Brigid teilte.

Eily hörte zu, als ihr John von den Plänen des neuen Gutsbesitzers Dennis Ormonde berichtete: Er wollte viele der kleinen Pachthöfe und Landstücke zusammenlegen und diejenigen Pächter loswerden, die er für schwach und nutzlos hielt – wie die alte Agnes. Hussey selbst sollte einen dieser neu zusammengelegten Höfe bekommen, es lag also in seinem eigenen Interesse, Ormondes Land von möglichst vielen kleinen Pächtern freizumachen. Der Gutsherr wollte unbedingt verkaufen – es gab Gerüchte von hohen Wettschulden. Zweifellos würde er die Pacht erhöhen, was wiederum Leute vertreiben würde.

»Die Pacht erhöhen! Schon wieder? John, wie sollen wir das nur schaffen?«, schluchzte Eily.

»Kein Mensch wird mich von dem Land jagen, das meine Familie seit Generationen bearbeitet hat«, sagte John entschieden. »Rechtmäßig, Eily, müsste dieses Land uns gehören und ich werde es nicht kampflos aufgeben.«

»Wird er denn *unser* Stück Land verkaufen?«, flüsterte sie.

»Vielleicht«, sagte John schulterzuckend. »Manche sagen, dass wir Pächter das erste Recht haben müssten, das Land zu einem günstigen Preis zu kaufen!«

»Sicher, aber was soll das nützen, wenn wir das Geld nicht haben? Wir sitzen in der Falle«, sagte Eily gereizt. »Du weißt, dass wir es uns nie leisten könnten, unseren Hof zu kaufen.«

Trübsinnig starrte John in die verlöschende Glut des Feuers. »Es ist unser Zuhause, Eily, und wir haben beide schwer geschuftet auf diesem Stück Land. Eine arme, alte Frau wie Agnes mögen sie vielleicht vertreiben, weil sie nichts mehr anbauen und ihre Hütte nicht instand halten kann, aber uns werden sie nicht vertreiben. Ich habe nicht die Absicht, mir von denen unser Land wegnehmen zu lassen.«

»Versprochen?«, sagte sie leise.

»Versprochen«, sagte John heiser und griff nach Eilys Hand.

Das Geheimnis

Mary-Brigid blies vor Schreck die Backen auf, als sie am nächsten Morgen das Gesicht ihres Vaters sah. Schwerfällig schlurfte er durch die Küche, als schmerzten ihn sämtliche Knochen. Sein linkes Auge hatte sich scheußlich dunkelblau verfärbt.

»Daddy! Daddy! Was ist dir passiert?«, rief sie angstvoll.

»Ich bin in eine kleine Schlägerei geraten, Liebling. Muss eben mal paar Tage kürzer treten.«

In Mary-Brigids Kopf wimmelte es von Fragen – mit wem hatte sich ihr Vater geschlagen und warum? –, doch ein einziger Blick in das weiße Gesicht und die trüben, tränenverschleierten Augen ihrer Mutter genügte, und sie begriff, dass man besser nicht zu viel davon sprach.

»Beeil dich, Mary-Brigid, sonst kommst du zu spät zur Schule!«, drängte Eily. Sie band dem Kind die Schnürsenkel an den schweren schwarzen Schuhen und holte eine kleine Kanne Milch und ein großes, eingewickeltes Stück Brot.

Mary-Brigid verabschiedete sich von ihrem Vater, dann machte sie sich mit der Mutter auf den Dreiviertel-Meilen-Weg zu dem kleinen, weiß getünchten Schulhaus an der Kreuzung.

»Autsch!«, rief John, als sie ihm die Arme um den Hals schlang. »Hör zu, Liebling, kein Wort davon zu deinem Lehrer oder deinen Freunden, hast du verstanden?«

»Ja, Daddy.«

»Wenn dich jemand fragt, Mary-Brigid, dein Daddy war die ganze Nacht zu Hause«, ergänzte Eily.

Mary-Brigid sah von einem zum andern. Sie hatte nicht die leiseste Ahnung, was eigentlich los war, und jetzt verlangten ihre Eltern auch noch, dass sie lügen sollte.

»Das ist eine Lüge«, sagte sie leise.

»Es ist eine Flunkerei«, sagte ihre Mutter, »und zwar eine, die du genau so erzählen wirst, wenn dich jemand fragt. Du bist jetzt ein großes Mädchen, und so viel verstehst du schon, dass man über die Vorfälle der letzten Nacht mit niemandem reden darf.«

»Ja, gut«, nickte Mary-Brigid. Aber in Wahrheit fühlte sie sich eher wie ein ängstliches kleines Kind und nicht wie ein großes Mädchen, dem man ein Geheimnis anvertrauen konnte.

Die Hennessys waren fort. Keiner der Jungen kam zur Schule und der Lehrer war ziemlich aufgebracht. Joe Clancy, ein zwölfjähriger Junge aus der Nachbarschaft, hatte an der Haustür nach den Hennessy-Jungen gerufen, hatte aber die Tür sperrangelweit offen vorgefunden. Von den Zwillingen oder dem Rest der Familie keine Spur. Sie hatten sich davongemacht.

»Fort! Einfach fort!«, verkündete er der ganzen Klasse. Mary-Brigid tat, als studierte sie die Landkarte von Irland an der Wand, und versuchte dabei, sich die rätselhaften Ereignisse zusammenzureimen.

In den nächsten Tagen half sie Eily bei der schweren Arbeit auf dem Hof. Mühsam hielt sie die Kuh fest, während ihre Mutter melkte, und sie half beim Ausmisten des kleinen, stinkenden Schweinestalls. Unterdessen hielt sich ihr Vater im Innern der Hütte auf, bis die blauen Flecke in seinem Gesicht allmählich blasser wurden.

Die Zwillinge fehlten Mary-Brigid. Gut, dass sie das kleine Kätzchen hatte, das sie an die Jungen erinnerte. Mary-Brigid musste immerzu grübeln, wohin sie wohl verschwunden waren. In der Schule erzählte ihr Sally Nolan, dass die Polizei nach Mr Hennessy suchte. Er hätte beinahe den Gutsverwalter umgebracht, hieß es, und wenn man ihn erwischte, würde man ihn aufhängen oder für immer ins Gefängnis stecken.

Mary-Brigid konnte vor lauter Angst fast nicht mehr spielen oder schlafen, und in ihren Träumen verfolgte sie das Bild von ihrem Daddy in Handschellen und Ketten, wie er in irgendein fremdes, fernes Land abtransportiert wurde.

Das Geschenk

Michael tätschelte Morning Boys seidiges Fell. Die große Brandwunde an der Seite hatte angefangen zu heilen, Haut und Haar wuchsen endlich wieder darüber. Glengarry graste mit langem, vorgebeugtem Hals und mahlte mit den Kiefern auf den Grashalmen herum. Ein Bein hielt sie angewinkelt und stützte sich nicht richtig auf den Huf. Glengarry und Morning Boy mussten sich noch immer von dem Feuer erholen. Alle anderen Pferde waren jetzt fort, verkauft an die Meistbietenden, manche nach England.

Der junge Brendan hatte eine Stelle bei Mr Delahunt angeboten bekommen. »So werde ich doch noch manche von unsern Pferden zu sehen kriegen, Michael«, sagte er. »Ist das nicht wundervoll?«

Michael musste einen Anflug von Neid unterdrücken, als er den Eifer und die Aufregung im Gesicht des Jüngeren sah.

Toss Byrne war zu den Ställen gekommen, als die Pferde verkauft wurden. Langsam ging er durch die ausgebrannten Gebäude. Er schenkte Michael eine Pferdedecke, zwei abgewetzte Zügel und zwei vollständige Garnituren Zaumzeug. Auf seine Art verabschiedete sich Toss von den Pferden. Michael sah ihm zu, wie er zu jedem Einzelnen hinging, ganz nah, wie er dann mit

Kopf und Lippen ihre aufgestellten Ohren fast streifte, wie er mit ihnen redete und ihnen etwas zuflüsterte.

Michael beobachtete, wie der alte Mann zu Glengarry ging, wie er sie mit bedächtigen, ruhigen Worten dazu brachte, dass sie den Kopf hob und lauschte.

»Michael!« Er winkte ihn heran und Michael schwang sich über den Holzzaun und sprang in die Koppel.

Immer noch redete Toss mit gedämpfter Stimme auf das Pferd ein.

»Stell dich neben mich, Michael! Hör mir zu!«, befahl Toss. Michael trat näher. »Die Gabe, mit Pferden umzugehen, hast du schon, Michael«, sagte Toss. »Du magst sie und sorgst dich um sie, und das wissen und spüren sie. Sie vertrauen dir, weil du sie wie intelligente Tiere behandelst, weil du verstehst, dass sie traurig und nervös sein können, wütend und ängstlich, glücklich und überschwänglich – genau wie wir Menschen.«

»Hm, ja!«, nickte Michael.

»Du weißt, Michael, dass ich keine Kinder habe, keine Söhne. Heute möchte ich eine besondere Fähigkeit an dich weitergeben – einen großen Teil davon hast du selber schon. Mein Vater hat dieses Geschenk an mich weitergegeben. Er hatte es von seinem Vater. Komm ganz nah her.« Michael stellte sich neben das Pferd und streichelte Glengarrys Flanke. »Hör mir zu!«

Toss fing zu flüstern an und Michael hörte den Namen des Pferdes heraus, Glengarry. Leise erzählte

Toss vom Wind in den Bäumen und dem grünen Gras auf den Wiesen, vom weichen Regen, von der Nacht, die am Himmel heraufzieht, und den Sternen, die von oben herunterschauen. Er sprach von Pferden, die ziehen, pflügen und dem Menschen dabei helfen, die von Gott geschenkte Erde zu bebauen. Er erzählte von Pferden, die im Namen von Königen und Königinnen Männer in die Schlacht trugen, er erzählte vom ganzen Tierreich mit seinen großen und kleinen Tieren und von der besonderen Stellung, die das Pferd als Freund des Menschen hat.

Glengarry stand mucksmäuschenstill und lauschte mit aufgestellten Ohren und großen, aufmerksamen Augen. Toss flüsterte weiter, redete von vergangenen Zeiten, von jetzigen und zukünftigen Zeiten. Er sprach von den Rennen, die Glengarry noch laufen würde, von den Fohlen, die sie schon gehabt hatte, und denen, die sie noch bekommen würde, und von den Rennen, die auch ihre Fohlen mitmachen würden.

Michael wagte kaum zu atmen. Toss erzählte Glengarry flüsternd von dem Lebenssaft, der durch ihren Körper floss, von der Energie, die ihn durchströmen musste, um das verletzte Bein und den Huf zu heilen. Leise wieherte Glengarry und blies Luft durch die samtigen Nüstern. Kräftig und gleichmäßig schien ihr Herz zu schlagen, während Toss' Stimme ununterbrochen weiterredete.

Beim Zuhören kam es Michael vor, als verwandelten

sich die Wörter. Es schienen keine gewöhnlichen Wörter mehr zu sein, sondern sie verschmolzen miteinander – es war nicht Gälisch, Englisch oder Französisch. Aber auf geheimnisvolle Weise konnte er sie verstehen, wie Glengarry sie offenbar verstand.

Dann brach Toss' Stimme ab. Glengarry fuhr dem Mann schnaubend über Kopf und Haar und Toss tätschelte die Stute gut gelaunt.

»Ja, ja! Sie ist ein gutes Tier, Michael, wirklich ein gutes Tier«, sagte der alte Mann, als sie über die Wiese zurückgingen.

»Danke, Toss!«, sagte Michael. »Ich habe das Pferdeflüstern noch nie gehört, es ist eine seltene Begabung.«

»Jetzt musst du es selber ausprobieren. Es wird dir im Umgang mit Pferden immer hilfreich sein, denk an meine Worte. Ruf Morning Boy!«

Das junge Pferd hatte es gern, wenn man sich mit ihm beschäftigte, und kam sofort angaloppiert. Michael war nervös, als er sich gegen Morning Boys Hals beugte. »Morning Boy, du bist geboren, als gerade der Mond unterging und die Sonne sich warm von der Erde hob …«, flüsterte er.

Es waren nur wenige Tagesmärsche bis zu Eily nach Hause. Michael ließ den Pferden viel Zeit. Glengarrys Bein wurde zwar langsam besser, war aber trotzdem noch ziemlich lahm.

Als sie so über das offene Land zogen, dachte Michael an früher, an die Zeit, als die große Hungersnot ihren Höhepunkt erreicht hatte und er mit seinen Schwestern Eily und Peggy – hungrig und verängstigt, in Lumpen gekleidet und nahe am Verhungern – durch das Land gezogen war, als er gelaufen war, weil sein Leben davon abhing. Erleichtert seufzte er auf, als er endlich die Gegend erreichte, in der Eily wohnte. Er hatte ihnen so viel zu erzählen, von dem Feuer, den Bucklands und seinen beiden Pferden. Noch ein, zwei Meilen und er würde die getünchten Mauern von Eilys Hütte sehen, wo die alte Tante Nano ihn wie einen wandernden Geschichtenerzähler auffordern würde, sich zu setzen und alles zu berichten, was passiert war.

Er grinste vor sich hin, als er sich das herbeigesehnte Wiedersehen ausmalte.

Der Besucher

Um die Wahrheit zu sagen: Mary-Brigid war froh, wenn sie draußen sein konnte, fort von der Hütte. Seit der Nacht, als ihr Vater so zerschlagen und verletzt nach Hause gekommen war, schien es ihr, als ob ein düsterer Schatten – wie eine große schwarze Krähe –

seine Flügel ausgebreitet und sich auf ihrer Hütte niedergelassen hätte.

Sie verstand es nicht genau, und keiner hatte es ihr erklärt, doch es hatte etwas mit dem Gutsherrn zu tun, mit dem Vorfall bei der alten Agnes und dem plötzlichen Verschwinden der Hennessys.

Auch die Mutter und der Vater hatten sich verändert. Sie waren jetzt meistens schweigsam, als ob sie lauschten und jeden Moment damit rechneten, dass etwas passierte. Tante Nano betete und betete – nie hatte Mary-Brigid einen Menschen so viel beten gesehen. Selbst im Schlaf bewegten sich die Lippen der alten Frau und Mary-Brigid konnte die Gebetsworte fast hören. Jodie war zwar noch ein kleiner Junge, aber er spürte, dass etwas nicht stimmte. Er war reizbar und quengelig geworden und ging Mary-Brigid auf die Nerven, weil sie ständig mit ihm spielen und ihn unterhalten sollte.

Wenigstens draußen, wo ein leichter Wind wehte und die weißen Wolken über den Himmel jagten, konnte sie das alles vergessen.

»Jodie!«, rief sie. »Sieh mal den Reiher!«

Ihr Bruder legte seinen dunklen Lockenkopf in den Nacken, beide Kinder sahen zum Himmel und beobachteten den großen Vogel, der seine Flügel spannte, die langen Beine anhob, flatternd an Höhe gewann und dann gemächlich in weitem Bogen um ihren Hof kreiste.

»Was sucht er denn?«, fragte Jodie.

»Einen Fisch. Er wartet darauf, dass im Bach oder im

See ein Fisch mit dem Schwanz wackelt«, sagte Mary-Brigid und überlegte, ob der Reiher die Fische eigentlich sehen konnte.

Allmählich flog der Vogel außer Sichtweite. Da hörte Mary-Brigid ganz in der Nähe das schwache Klipp-Klapp von Pferdehufen. Sie lauschte angestrengt. Wer war um diese Tageszeit so nah bei ihrer Hütte unterwegs? Sie hatte strenge Anweisung, blitzschnell nach Hause zu laufen, falls sie den Gutsherrn oder einen seiner Männer sehen sollte oder, was Gott verhüten möge, den Wachtmeister.

Sie hielt die Luft an und machte sich bereit, Jodie an der Hand zu nehmen und mit ihm loszurennen. Da erkannte sie die vertrauten dunklen Locken und das freundliche, offene Gesicht von Michael, dem Bruder ihrer Mutter. Er führte zwei Pferde am Zügel, ein großes, das edel und kräftig aussah – es schien nur zu lahmen –, und das prächtigste Fohlen, das Mary-Brigid je gesehen hatte.

»Michael!«, schrie sie. »Onkel Michael!«

Wie ein Wirbelwind sauste sie auf ihn zu, das Kleid flatterte ihr um die Beine.

Die beiden Pferde blieben stehen und sahen sich die Szene interessiert an. Michael fing seine Nichte auf und drückte sie an sich.

»Meine Güte, Mary-Brigid, du bist ja immer noch das hübscheste Mädchen, das ich kenne!«, sagte er und fuhr ihr durch das zerzauste blonde Haar.

Sie war so aufgeregt, dass sie kaum ein Wort hervorbrachte. Jodie war herangewackelt, hatte sich neben seiner Schwester aufgebaut und beobachtete sie und Michael. »Das ist Jodie«, sagte Mary-Brigid und schob ihn vor.

»Ich erinnere mich an ihn«, grinste Michael, »aber er ist groß wie ein Haus geworden! Und so stark, dass ich ihn kaum heben kann!«

Jodie lachte glucksend, als er hochgeschwenkt und ebenfalls umarmt wurde. Der kleine Junge zupfte an Michaels Kappe und sein Onkel gab sie ihm. »Willst du auf meine Kappe aufpassen, Jodie?«, fragte er. Jodie nickte stolz. Noch nie hatte er auf etwas aufpassen dürfen.

»Wie geht's euch allen, Mary-Brigid? Ich freue mich wahnsinnig auf euch.«

Mary-Brigid zögerte, ein, zwei Sekunden nur, doch Michael merkte es. Seine lustig blitzenden Augen wurden ernst.

»Gut«, murmelte sie. Sie spürte, dass er ihr nicht glaubte. »Mummy ist ein bisschen traurig«, erklärte sie und sah dabei zu Boden, auf den Staub, die Steine und den Dreck. »Sie macht sich Sorgen um irgendwas. Um alles, was so passiert.«

»Hmm«, antwortete Michael. »Vielleicht ist es ja ganz gut, dass ich gerade jetzt mal bei euch vorbeikomme.«

»Wem gehören die Pferde?«, fragte Mary-Brigid.

»Mir, Schätzchen! Sie gehören beide mir.«

»Dir!«

»Ja, ja, ich weiß, ich kann es selber kaum glauben.«

»Von wem hast du sie? Hast du sie gekauft?«, fragte sie.

»Das ist eine lange Geschichte, Kind, und die anderen werden sie auch hören wollen. Aber für den Augenblick kann ich dir schon mal verraten, dass die Stute Glengarry heißt und das Fohlen Morning Boy.«

»Darf ich auf ihnen reiten, Onkel Michael? Bringst du es mir bei?«, bettelte sie.

»Im Moment eignen sie sich nicht zum Reiten, Liebling, aber ich verspreche dir, dass ich's dir beibringe, sobald die Pferde so weit sind.«

Mary-Brigid machte vor Freude einen Luftsprung. Sie hatte einmal auf einem Esel gesessen, aber noch nie, nie auf einem richtigen Pferd.

»Ich auch!«, echote Jodie und klatschte vor lauter Aufregung in die Händchen.

»Du auch. Versprochen«, sagte Michael ernst.

Mary-Brigid wusste, dass Michael zu denen gehörte, die ihre Versprechen hielten und einen nicht enttäuschten. Sie war mächtig froh, dass er zu Besuch kam. Vielleicht waren ja die vielen Gebete der Urgroßtante erhört worden.

»Nano! Mummy! Daddy! Kommt schnell!«, schrie sie los und rannte auf das Haus zu. »Mummy, Michael ist da! Er bleibt bei uns! Er hat Pferde!«

Die Heimkehr

So eine Heimkehr hatte es noch nicht gegeben. Nano saß in ihrem Sessel und schnäuzte sich alle paar Minuten lautstark in ein weißes Taschentuch. Wieder und wieder fiel Eily ihrem Bruder um den Hals und drückte ihn an sich.

»Ich bin so froh, dass du da bist, Michael. Du kannst dir gar nicht vorstellen, wie.«

John schwieg und begrüßte Michael mit einem festen Händedruck. Michael spürte, dass etwas Schlimmes geschehen war, und nach Johns Aussehen zu schließen, musste der Schwager vor kurzem an einer Schlägerei beteiligt gewesen sein. Aber er würde schon rechtzeitig alles erfahren.

Ein einfaches Mahl wurde zubereitet und alle setzten sich an den blank gescheuerten Holztisch zum Essen. Es gab eine große Schüssel Kartoffeln, dazu frische Butter und Salz. Ein Krug kalte Milch von Bella stand daneben und ein Teller Frühlingszwiebeln, die sich die Erwachsenen über ihre Kartoffeln streuten. Eily bekreuzigte sich und sprach nach dem Tischgebet einen zusätzlichen Dank für die Rückkehr ihres viel geliebten Bruders. »Amen«, tönte es froh rings um den Tisch.

Nach dem Essen half Mary-Brigid Nano beim Abwasch. Sie wusste, dass ihre Mutter, ihr Vater und ihr

Onkel viel zu reden hatten, deshalb schlich sie sich wieder zum Spielen hinaus, sobald sie fertig war. Außerdem wollte sie noch einmal die beiden Pferde anschauen, die ihr Onkel zum Grasen auf der unteren Wiese gelassen hatte.

Michaels Heimkehr schien neue Kraft und neues Leben in die kleine Hütte zu bringen. Und mehr – er brachte Hoffnung.

»Das ist der schönste Pachthof im ganzen Bezirk, John, kein Gutsherr, der bei Verstand ist, wird so einen fleißigen Pächter an die Luft setzen, und schon gar nicht so einen guten und geschickten Bauern!«, versicherte er seinem Schwager.

John Powers nickte. Vielleicht machte er sich unnötige Sorgen. Michael wusste über adelige Herrschaften und Gutsbesitzer besser Bescheid. Er selbst sollte lieber zusehen, dass er diese Furcht aus seinen Gedanken verbannte und dass er mit der täglichen Arbeit weiterkam. Ohnehin ging das Gerücht um, Dennis Ormonde hätte sich für ein paar Wochen nach England begeben, und da sein Verwalter William Hussey nach den üblen Schlägen, die er eingesteckt hatte, noch immer krank war, würde vorerst wohl alles friedlich bleiben.

Es gab viel zu tun, jetzt, wo die Sommersonne strahlend über das Land schien und Felder, Getreide und Tiere ihr Recht forderten. Michael packte gerne mit an. Abends unterhielt er sich mit Eily über die Zeit, als sie noch klein waren, und über die glücklichen und traurigen Tage ihrer Kindheit in der engen Hütte in Duneen, wo der Weißdornbaum wuchs und wo ihr kleines Schwesterchen begraben lag. Es waren schreckliche Zeiten gewesen während der großen Hungersnot und die Erinnerung daran schien fast untrennbar mit der Familie O'Driscoll verbunden – eine tiefe Narbe, die nie ganz verblassen würde.

Dann, eines Morgens, als sie am wenigsten damit rechneten und noch beim Frühstück saßen, klopfte es an der Tür.

Mary-Brigid sprang von ihrem Hocker auf und lief zur Tür. »Ein Fremder!«, raunte sie den andern zu.

Ihr Vater stopfte sich das Hemd in die Hosen und ging zur Tür. Der Mann draußen hatte einen kleinen rötlichen Schnurrbart, der beim Reden auf und ab hüpfte. Er sprach mit gedämpfter Stimme zu John, und Mary-Brigid spitzte die Ohren, um etwas aufzuschnappen.

»Von gewissen Umständen und Überlegungen veranlasst, sieht sich Mr Ormonde gezwungen, die Pacht zu erhöhen.«

»Die Pacht erhöhen!«, rief ihr Vater. »Und was ist, wenn ich diese Erhöhung nicht bezahle?«

»Dann, Mr Powers, würde man Ihnen leider die Kündigung zustellen.«

John hämmerte mit der Faust gegen den Türrahmen. »Das ist nicht gerecht!«, protestierte er.

»Ich fürchte, es geht hier nicht um Gerechtigkeit. Es geht um Geschäfte. Verstehen Sie bitte, dass ich im

Namen Ihres Gutsherrn und im Auftrag von Mr Hussey handle.«

»Hussey!«, rief John. »Wusste ich doch, dass dieser Dreckskerl was damit zu tun hat. Der hat schon seit einer ganzen Weile seinen habgierigen Blick auf unser Stück Land geworfen.«

Der Bote war zu weiteren Auskünften nicht bereit. »Diese Dokumente sind für Sie, Mr Powers«, sagte er nur. Damit überreichte er ein paar Bögen Papier und Mary-Brigids Vater knallte die Tür hinter dem Mann zu. »Nächsten Monat komme ich wieder!«, rief der Fremde, während er schon auf sein Pferd stieg.

Eily griff nach den Papieren. Sie schnappte vor Schreck nach Luft, als sie las, was darin stand. »Mein Gott, John! Er hat unsere Pacht verdoppelt! So viel können wir nie zahlen. Was stellt der sich vor, woher wir eine solche Summe nehmen sollen?«

Das Dokument wurde an Nano und dann an Michael weitergereicht.

»Tut mir Leid, Eily. Ich hab mich in diesem Kerl getäuscht«, murmelte Michael. »Ich weiß nicht, was ich euch sagen soll.«

»Vielleicht können wir es ja doch beschaffen«, warf Nano ein. »Wir haben die Möbel, die Ziersachen und …«

Mary-Brigid sah, wie sich ihre Mutter weinend in die Ecke neben dem Kamin sinken ließ.

»Es ist zwecklos! Alles zwecklos!«, rief sie. »Man kann seinem Schicksal nicht entgehen.«

Mit offenem Mund starrte Mary-Brigid sie an.

»Man kann seinem Schicksal kein Schnippchen schlagen!« Eily war außer sich. »Damals schon hätten wir ins Armenhaus gehen sollen! Damals haben wir unserem Schicksal eins ausgewischt, aber jetzt werden wir alle dort landen!« Sie schluchzte hysterisch.

»Scht, Kind! Scht!«, bat Nano. »Noch sind wir nicht verloren.«

»Ich verspreche dir, Eily, dass wir kämpfen werden«, sagte John und nahm sie in die Arme. »Keiner wird uns dieses Land nehmen, solange ich atme. Ich lasse meine Frau und meine Kinder nicht auf die Straße setzen.«

Mary-Brigid war weggerannt und hatte sich bei den Dornensträuchern versteckt. Heute wurde Muck verkauft. Das halbe Dutzend Hühner war bereits verkauft, und Maisie trippelte verzweifelt gackernd immer wieder vor der Tür herum und suchte nach ihnen.

Selbst aus der Entfernung konnte Mary-Brigid das Schwein quieken hören. Es tat ihr in den Ohren und im Herzen weh. Die Phelan-Brüder kauften Muck. »Ein schönes Schwein, gerade richtig zum Schlachten«, hatten sie gesagt, als Mary-Brigid zum allerletzten Mal Mucks borstigen Kopf und Rücken gekrault hatte.

Der Lärm war schrecklich. Nach den Quiektönen zu urteilen, wehrte sich das große Schwein tapfer dagegen, dass es seinen vertrauten Schweinestall verlassen sollte. Mary-Brigid konnte es kaum ertragen. Schließlich hörte der Lärm auf und Mary-Brigid wischte sich über die Augen und schnäuzte sich. Dann raffte sie sich auf und ging langsam und traurig nach Hause.

Als sie an Morning Boy vorbeikam, wieherte er ihr zu, als spüre er ihre Trauer.

»Hallo, Boy!«, seufzte sie, blieb stehen und streichelte ihn. »Hab keine Angst, dir wird nichts passieren!« Das Pferd sah sie mit ruhigem Blick an.

»Alles in Ordnung, Kleines?« Die Stimme ihres Onkels ließ sie zusammenzucken.

»Sicher«, schniefte sie und wusste genau, dass er ihr ansehen würde, dass sie geweint hatte. Doch er verlor kein Wort darüber, blieb nur neben ihr stehen und betrachtete die Pferde.

»Sie mögen dich!«, sagte er. »Du bist sehr gut zu den Pferden, Mary-Brigid.«

»Ich mag sie auch«, lächelte sie. »Onkel Michael, was ist aus dem Mädchen geworden?«

»Mädchen?«, fragte er verwirrt.

»Ja, das Mädchen, von dem du mir erzählt hast und dem früher diese Pferde gehörten.«

»Miss Felicia?«, sagte er leise. Er dachte an das kleine Mädchen, und wie es geschrien hatte, als ihr Zuhause bis auf die Grundmauern niederbrannte. »Ich habe dir schon erzählt, wie das Haus in Flammen stand und wie die Ställe verbrannt sind …«

»Und wie du Mercy gerettet hast und noch andere.«

»Ich glaube, Miss Felicia ist mit ihren Eltern und ihrer Schwester Rose nach London zurückgekehrt. Sie haben ein großes Haus in London und Sir Henry wird vermutlich dort bleiben. Weißt du, mit der Zeit werden sie Irland und was hier passiert ist, vergessen. So ist das.«

»Ich würde es nie vergessen!«, beteuerte Mary-Brigid mit dünner Stimme.

»Ja, ja«, witzelte Michael. »Du bist eben so ein kleiner Dickschädel wie Peggy. Nichts vergisst du.«

Mit Tränen in den Augen lächelte sie ihm zu.

»Komm, wir gehen zu Nano und Eily, die werden sich schon Sorgen um dich machen.«

Sie fuhr sich hastig mit dem Ärmel über Augen und Nase.

»Alles klar, Schätzchen?«

»Ja.« Sie nickte.

»Ich verspreche dir, Mary-Brigid, dass ich alles tun werde, um dir und deiner Familie zu helfen«, sagte Michael und nahm sie bei der Hand. »Irgendwie müssen wir das Geld auftreiben.«

Brombeerenpflücken

Einen Tag draußen an der frischen Luft und Brombeeren pflücken – das würde dir unwahrscheinlich gut tun, Eily«, hatte Nano vorgeschlagen. »Da könntest du deine Sorgen mal eine Weile vergessen.«

Es war windstill und warm, als Eily, Nano und Mary-Brigid sich auf den Weg über die Felder zum Brombeerenpflücken machten. Bevor das Land allmählich zu den Hängen des Giants Bed hin anstieg, dehnte sich scheinbar meilenweit ein Dschungel von ineinander verschlungenen Sträuchern mit üppig behangenen Zweigen.

Jede hatte einen Eimer dabei. Mary-Brigid trug den kleinsten – und wie gern wollte sie ihn füllen. Die nach unten gebogenen Äste waren schwer vom Gewicht der üppigen Büschel schwarz glänzender Früchte.

»Solche habe ich noch nie gesehen«, murmelte Nano.

»Nimm dich vor den Dornen in Acht, Mary-Brigid«, mahnte Eily, »und pass auf, dass keine Würmer in den Beeren sind.«

Mary-Brigid nickte. Sie brannte darauf, endlich mit Pflücken anzufangen. Die ersten Brombeeren steckte sie in den Mund und genießerisch ließ sie sich den kräftigen, süßen Geschmack auf der Zunge zergehen. Dann siegte die Vernunft und sie folgte dem Beispiel Nanos und ihrer Mutter und pflückte die Beeren in den Eimer. Sie beobachtete ihre Mutter, deren Finger nur so über die Ranken huschten. Nano pflückte langsam und gleichmäßig. Einmal verfing sich ihr weiter schwarzer Rock in den Dornen und Mary-Brigid musste sie befreien.

»Was würde ich ohne dich anfangen, Kind?«, kicherte Nano. »Ich bin glatt hängen geblieben.«

Es war heiß. Nach einer Weile wünschte Mary-Brigid, sie hätte ihren Sonnenhut dabei, denn ihr wurde unangenehm warm. Zum Glück hatte Eily einen Krug Wasser mitgenommen. Zu dritt setzten sie sich in den Schatten und tranken etwas. Mary-Brigid ahnte, dass sie mit den leuchtenden schwarzen Saftflecken an Händen, Armen und Kinn einen komischen Anblick bieten musste. Nach der Erfrischungspause ruhte sich Nano noch ein wenig aus, die anderen pflückten weiter.

»Mummy, hier sind Unmengen, sieh mal!«, rief Mary-Brigid und tippte gegen die herabhängenden Zweige. Sie pflückte unten, ihre Mutter streckte sich und pflückte über Mary-Brigids Kopf. Schließlich waren beide Eimer fast voll.

»Hier steckt eine Menge zu essen drin«, lächelte Eily. »Marmelade, Belag für Kuchen und Törtchen und, das Beste, frische Beeren mit Sahne. Nach ein paar Wochen werden euch die Brombeeren zum Hals heraushängen.«

»Mir hängen Brombeeren nie zum Hals heraus, Mummy!«, verkündete Mary-Brigid. »Nie! Schade nur, dass man nicht welche verkaufen kann.«

»Was sagst du da, Kind?«, fragte Nano und rappelte sich von dem alten Baumstumpf hoch, auf dem sie gesessen hatte.

»Es ist ja nur, dass … mir ist nur eben eingefallen, dass ihr beide die besten Marmeladen, Kuchen und Törtchen macht – bessere als sonst jemand –, und vielleicht würden die Leute sie ja kaufen …« Mary-Brigid verstummte. Sie kam sich albern vor.

Nano und Eily starrten sie an.

»*Bestimmt* würden die Leute sie kaufen«, ergänzte Mary-Brigid und wurde rot. »Und du und Daddy, ihr habt gesagt, dass wir Geld auftreiben müssen und da habe ich nur gedacht, dass …«

»Was für ein kluges Mädchen!«, unterbrach Nano.

Eily beugte sich herab, fasste Mary-Brigid unter den Achseln und schwenkte sie im Kreis herum. »Mary-Brigid Powers, du bist der raffinierteste kleine Schlaumeier, der mir je über den Weg gelaufen ist.«

Unter Mary-Brigids Füßen schwankte das Gras und die ganze Welt, als ihre Mutter mit der Wirbelei aufhörte. Aber eigentlich war es eher die Begeisterung, die sie ganz schwindlig machte!

»Es wird wie in alten Zeiten in unserem Laden in der Market Lane«, sagte Nano versonnen. »Weißt du noch, Eily?«

Nano und Eily bekamen glänzende Augen und Mary-Brigid hüpfte neben ihnen auf und ab vor Stolz.

»Wir brauchen noch mehr Zucker und Mehl, Nano.

Eier haben wir von Maisie«, sagte Eily aufgeregt. »Und Mary-Brigid kann mal zu der Hütte raufgehen, wo der alte Drummond gewohnt hat, bei dem durften die Kinder immer Äpfel pflücken, als er noch lebte. Einen schönen Kuchen mit Brombeeren und Äpfeln essen die Leute immer gern.«

»Marmeladen, Fruchtpasteten und Kuchen ...« Auch Nano war ganz ins Pläneschmieden vertieft. »Du könntest von Haus zu Haus gehen und die Sachen verkaufen, Eily, aber meiner Ansicht nach ist für hausgemachte Produkte der Wochenmarkt am besten.«

»Was meinst du, wird John dazu sagen?«, fragte Eily.

»Er wird sagen, was für eine gute Frau du bist, Liebling, und was er doch für eine gescheite Tochter hat. Das wird er sagen.«

Endlich, endlich waren trotz der ganzen Plauderei und Hochstimmung alle drei Eimer voll.

»Und wenn wir noch hundertmal herkommen, werden immer noch genug Beeren da sein«, sagte Eily zufrieden.

Mary-Brigid konnte ihren Eimer nur mit Mühe tragen und sie musste vorsichtig laufen, um nichts von den kostbaren Beeren zu verschütten. Ihre Mutter ging vor ihr her und summte leise. Es schien Ewigkeiten her, dass Mary-Brigid ihre Mutter zuletzt lachen oder singen gehört hatte. Es tat ihr im Herzen gut.

Markttag

Die nächsten Tage standen Eily und Nano in der kleinen Küche und machten sich an die langwierige, mühsame Arbeit, die Früchte zu waschen und vorzubereiten. Miley Lynch von der kleinen Schankwirtschaft neben der Schule hatte ihnen erlaubt, dass sie sich leere Gläser und Flaschen aus seinem Hof holten. Sie wurden ausgewaschen und ausgekocht, bis sie einwandfrei sauber waren. Jeder Topf und jede Pfanne im Haus waren in Gebrauch, als die Früchte mit Zucker gekocht wurden, und durch die ganze Hütte zog der Duft nach Äpfeln und süßem Fruchtsaft.

Natürlich steckte der kleine Jodie voller Neugierde und plärrte los, wenn man ihn von den heißen Töpfen und Gläsern wegzerrte, aber alle hatten Angst, er könnte sich verbrennen.

»Für uns wäre es die größte Hilfe, Mary-Brigid, wenn du uns deinen kleinen Bruder vom Leib halten würdest«, meinte Eily entschieden. So waren die Kinder gezwungen, das geschäftige Treiben vom Eingang aus zu beobachten.

Nano stäubte Mehl auf den Tisch und rollte hellen, weizenfarbenen Teig für die Obsttörtchen aus. Dann zerteilte sie die Äpfel, schnitt sie in Scheiben und häufte sie auf den Teig.

Jedes Glasgefäß wurde mit frischer Marmelade, mit Apfel- und Brombeergelee gefüllt, mit eingemachtem Kompott und farbenprächtigen Fruchtpasteten.

Nano kramte Stoffreste aus dem Handarbeitskorb, schnitt Kreise daraus zurecht und band sie über die Deckel. Eily saß bis spät in die Nacht, beschriftete weiße Papierschildchen – SELBST GEMACHTE BROMBEERMARMELADE – und klebte sie auf die Gläser.

In der Ecke saß Michael und sah ihnen bei der Arbeit zu. »Es ist wie früher bei Nano und Lena«, sagte er glücklich.

Endlich war alles fertig. Eily verstaute die Gläser und weithalsigen Flaschen vorsichtig in zwei großen Strohkörben für den morgigen Tag. Nano hatte sich bereit erklärt, zu Hause zu bleiben und auf Jodie aufzupassen. Auch Michael blieb zu Hause, er würde auf die Pferde achten und, wenn nötig, Nano zur Hand gehen. Mary-Brigid, John und Eily wollten in aller Frühe zum Markt aufbrechen.

Die Brüder Phelan hatten John ihren Esel und den Wagen geliehen und John hatte schon einen Weidenkorb voll Torf zum Verkaufen aufgeladen. Die Strohkörbe wurden so untergebracht, dass sie einen sicheren Stand hatten. Auf dem Sitz hatten Eily und Mary-Brigid ungefähr ein Dutzend Obstkuchen zwischen sich aufgereiht und außerdem ein Tablett mit Nanos Hafer-Apfel-Gebäck. Während sie langsam dahinzockelten, versuchten sie, alles gut zu beaufsichtigen, damit nicht die ganze Herrlichkeit ins Rutschen geriet.

Der Markt am Samstagmorgen wurde in der Innenstadt von Castletaggart abgehalten, und viele der Standinhaber hatten schon aufgebaut, als John, Eily und Mary-Brigid ankamen. John lud zwei lange Schemel ab, die er mitgebracht hatte; auf den einen stellten sie vorsichtig die beiden Körbe und auf den anderen das Tablett mit Gebäck.

In der ersten Stunde kaufte kein Mensch etwas. Die Vorüberkommenden waren Leute wie sie selbst – alle fieberhaft darauf bedacht, etwas zu verkaufen, weil sie hofften, auf diese Weise das Pachtgeld zusammenzukratzen. Unruhig beobachtete Mary-Brigid, wie ein ganzer Trupp Leute vom Land mit Gänsen, Hühnern und Enten vorbeizog. Männer schleppten wuchtige Räder aus hartem, gelbem Käse, und es gab Stände mit großen Klumpen goldgelber Butter, in die kreisförmige Muster aus verschnörkelten Blumen geprägt waren. Kleidung und Uhren, Haushaltswaren und irdenes weißblaues Geschirr – auf dem Samstagsmarkt gab es alles, was man brauchte.

Eily meinte, sie sollten sich vielleicht eine günstigere Stelle suchen, und so half Mary-Brigid, die Sachen auf die andere Seite der weiten Wiesenfläche zu tragen.

Im Handumdrehen waren Kuchen und Gebäck ausverkauft!

»Nano wird zufrieden sein«, lachte Eily. Sie klopfte

auf ihre Rocktasche und lauschte dem beruhigenden Klimpern der Münzen. Doch von ihrer Marmelade hatten sie noch kein einziges Glas verkauft.

Mary-Brigid sah zu dem Stand gegenüber, wo eine Mutter mit ihrer Tochter alle möglichen Brotsorten, große Fleischpasteten und Puddinge verkaufte. Nach ihren Gesprächen zu urteilen, waren viele ihrer Kunden Stammkunden. Neidisch beobachteten Eily und Mary-Brigid, wie gegenüber ein Kunde nach dem anderen kaufte.

»Mummy! Sie würden unsere Marmelade kaufen, wenn sie wüssten, wie gut sie schmeckt«, sagte Mary-Brigid. Sie wollte ihre Mutter trösten. »Soll ich vielleicht mal ein, zwei Gläser aufmachen?«

»Hör zu, Schatz«, schlug Eily vor, »lauf zu dem Stand drüben und kaufe ein Brot. Hier ist Geld! Und frage die Frau, ob sie uns vielleicht ein Messer leihen könnte.«

Die Frau machte ein erstauntes Gesicht, tat ihnen aber den Gefallen und Mary-Brigid kam mit einem bemehlten, goldgelben Laib Brot zurück. Ohne zu zögern, schnitt Eily es in Scheiben und reihte sie auf der leeren Gebäckplatte auf. Auf jedes kleine Brotstück tupfte sie einen Klecks Brombeermarmelade.

»So, Mary-Brigid, die sind für unsere Kunden!«, kündigte sie an. Dann stellte sie sich vor die Körbe und bot jedem Passanten, der wie ein möglicher Kunde aussah, von ihren Brotscheiben an. Eine Frau, die einen gut gelaunten Eindruck machte, entschied sich bereits für drei Gläser Marmelade, während sie noch auf ihrem Brot kaute. Ein Herr blieb stehen, probierte und kaufte mehrere Gläser von Nanos dicker Fruchtpastete.

Bald hatte sich eine beachtliche Gruppe Neugieriger versammelt, die Eilys und Nanos Produkte probieren und kaufen wollten. Manche Kunden wurden darauf hingewiesen, wo sie das Brot kaufen konnten, und die Frau vom Stand gegenüber winkte ihnen vergnügt zu.

Endlich war der eine Korb ganz und gar leer und im andern waren nur noch zwei Gläser Marmelade und eins mit Fruchtpastete. Mary-Brigid sah, dass viele der Standinhaber zusammenpackten und ihre Sachen wegräumten, denn der Markt ging zu Ende.

Das Mädchen vom Stand gegenüber tauchte bei ihnen auf. »Das soll ich euch von meiner Mummy geben und sie lässt schön danken für die extra Kunden, die ihr uns geschickt habt.« Sie überreichte Mary-Brigid eine große Fleischpastete. Ein Stückchen Kruste war leicht eingerissen, aber warm gemacht, würde die Pastete ein herrliches Essen abgeben.

»Danke«, sagte Eily, »und bitte nehmt ein Glas von unserer Marmelade.«

Das kleine Mädchen grinste. »Kommt ihr in zwei Wochen wieder?«, fragte sie. »Wir kommen für gewöhnlich jede zweite Woche her.«

Gespannt wartete Mary-Brigid, während ihre Mutter überlegte. Sie konnten ja noch mehr Marmelade machen und Kompott einkochen und Nano schien genau zu wissen, welche Arten von Süßwaren und Gebäck die Leute gerne kauften.

»Jawohl«, antwortete Eily, »wir kommen wieder.«

»Also bis dann«, rief das Mädchen und grinste Mary-Brigid an, bevor es wieder zu seiner Mutter rannte.

Mary-Brigid half, die leeren Körbe zu tragen, und gemeinsam machten sie sich auf den Weg zu John. Er stand ein Stück entfernt, der Wagen war leer, der ganze Torf verkauft. »Eine Witwe, die allein mitten in der Stadt wohnt, hat alles genommen«, erklärte er. »Und ich soll ihr alle paar Wochen Torf bringen.«

»Oh John, das ist ja großartig«, sagte Eily. »Wie es aussieht, waren wir alle ziemlich erfolgreich.«

»Und, Daddy, es gibt Fleischpastete zum Abendessen«, verkündete Mary-Brigid.

»Ich bin stolz auf euch beide«, sagte er, als sie auf den Wagen kletterten.

»Wissen wir«, strahlte Mary-Brigid. »Los, kommt schnell nach Hause, wir wollen den andern die guten Nachrichten erzählen.«

Die Entscheidung

Peggy zerdrückte die Kartoffeln und stampfte sie fast zu Brei. Verwundert zog Mrs O'Connor die Augenbrauen hoch. Sie beobachtete, wie das junge Mädchen den Kartoffelbrei in eine Wärmeschüssel klatschte.

Vor zwei Tagen hatte sich Peggy vor dem Seitenausgang der Fabrik in aller Eile von Sarah verabschiedet. In Tränen aufgelöst, waren sie einander um den Hals gefallen. Es konnte Jahre dauern, bis sie sich wieder sahen, wenn überhaupt.

Sarah hatte versprochen zu schreiben und Peggy von allen Abenteuern zu berichten. James und John hatten schon einen Wagen und ein gutes, kräftiges Pferdegespann gekauft. Jetzt waren sie dabei, Proviant für die bevorstehende Reise zu besorgen.

Peggy konnte sich ein Leben in Boston ohne Sarah, John und James gar nicht vorstellen. Wen würde sie besuchen, wenn die drei fort waren? Wem würde sie von Mrs O'Connor und den Rowans erzählen? Mit wem würde sie ihre freien Tage verbringen? Mit wem würde sie beim nächsten irischen Fest durch das Zimmer tanzen, wenn James nicht da war?

Sie schob sich mit dem Ärmel eine Haarsträhne aus den Augen und unterdrückte ein Schniefen.

Mrs O'Connors Aufmerksamkeit entging nicht, dass

sich draußen an der Einfahrt etwas tat. Es war ein großer junger Mann, der nun zielstrebig auf die Küchentür zukam.

»Peggy!«, rief die Köchin. »Besuch ist an der Tür!«

Peggy sah von ihrer Arbeit auf. Sie trocknete sich die Hände an der Schürze und ging zur Tür. Da war niemand. Doch dann sah sie ihn unter dem ausladenden Kirschbaum stehen. Er wartete auf sie. Es war James.

Das Herz blieb ihr fast stehen, während sie auf ihn zurannte. War vielleicht etwas mit Sarah? Sie spürte, dass er nervös war.

»Peggy, ich kann nicht fahren, ohne dass ich mich richtig von dir verabschiedet habe«, sagte er, als sie bei ihm war.

»Oh!« Peggy wusste nicht, wie sie reagieren sollte.

»Wir wollen morgen in aller Frühe los und ich musste dich einfach noch ein letztes Mal sehen.«

Sie biss sich fest auf die Lippe und bemühte sich, nicht loszuheulen.

»Ich habe mich ungeschickt ausgedrückt letztes Mal«, sagte er schüchtern. »Hat sich angehört, als ob mir gar nicht so viel dran gelegen wäre, ob du mitkommst … aber mir liegt sogar sehr viel dran … ich … ich liebe dich, Peggy. Ich hab dich schon vom ersten Tag an geliebt, als ich dich auf der *Fortunata* kennen gelernt habe.«

Peggy sah ihn erstaunt an. Er hatte jetzt seine Nervosität verloren und sah sie ernst an.

Eindringlich sprach er weiter. »Ich habe gewartet und gewartet, Peggy, ich wollte dir Zeit lassen, erwachsen zu werden. Vielleicht habe ich zu lange gewartet.«

Peggy wurde rot und sah auf ihre Schürze hinab.

»John und ich, wir hatten immer vor, erst ein paar Jahre im Osten zu arbeiten, bevor wir in die neuen Gebiete im Westen aufbrechen wollten. Aber immer hast *du* zu meinem Plan gehört, Peggy. Dein Gesicht ist es, das ich morgens als Erstes und abends als Letztes sehen möchte. Deshalb habe ich dich gefragt, ob du meine Frau werden willst.«

Peggy legte die Hände vor das Gesicht und rang um Fassung.

Behutsam strich ihr James über das Haar. »Ich möchte, das du das weißt, bevor ich fahre. Leb wohl, Peggy, meine Liebe!«

Peggy hob den Kopf. Er sah sie so traurig an, dass es ihr fast das Herz brach.

»James!«, schrie sie wie ein Wildkatze. Sie warf sich an seine Brust und zog sein Gesicht zu sich herunter. »Untersteh dich und fahr ohne mich los!«, brachte sie zwischen seinen warmen Küssen hervor.

Dann jagte sie in fliegendem Lauf, mit gerafftem Rock und wehender Schürze, den Weg zurück, stieß die Küchentür auf – sehr zum Erstaunen von Mrs O'Connor und der Haushälterin – und rannte die Hintertreppe hinauf. Keuchend und außer Atem schob sie die Tür zu ihrer Kammer auf.

Sie zerrte ihre verbeulte Reisetasche hervor und riss Strümpfe und Unterwäsche von der provisorischen Leine, die sie und Kitty zwischen den Balken gespannt hatten. Sie legte ihre zwei guten Blusen in die Tasche, den schönen Wollrock und das lavendelfarbene, geblümte Kleid, auf das sie gespart und das sie sich im letzten Jahr gekauft hatte. Ihre beiden Nachthemden – eines schmutzig, eines sauber –, Waschlappen, Kölnischwasser und ein Stück parfümierter Seife. Vom Haken hinter der Tür nahm sie ihren warmen Wintermantel und unter dem Bett zog sie die dicken schwarzen Schnürschuhe hervor. Sie schnappte sich ihr Sparbuch und einige Briefe, die unter der Matratze lagen, ein paar Bücher und schließlich die Familienbibel, in die Nano den Familienstammbaum eingetragen hatte. Bald würde ein weiterer Name dazukommen, wenn Peggy O'Driscoll James Connolly heiratete. Aufgeregt fuhr sie mit dem Finger über die Seite mit den Namen.

Sie blieb stehen und sah sich erstaunt um. Der Raum schien plötzlich leer, die beiden Messingbetten einsam und verlassen. Peggy tastete nach dem Armband aus Pferdehaaren, das ihr Michael vor dem Aufbruch nach Amerika gemacht hatte. Peggy dachte an die schönen Zeiten hier mit Kitty, aber sie wusste jetzt, dass auch die Zukunft schöne Zeiten bringen konnte. Seufzend zog sie die Tür hinter sich ins Schloss, und plötzlich fürchtete sie, James könne fort sein oder sie habe sich alles nur eingebildet.

Er war nicht fort. Er saß mit der Köchin und der Haushälterin in der Küche und sie plauderten mit ihm wie mit einem alten Freund.

Vielleicht würde Miss Whitman darauf bestehen, dass Peggy die ordentliche Kündigungsfrist einhielt? Vielleicht würde sie sie gar nicht so überstürzt gehen lassen? Peggy hatte Angst, als sie in der Küche stand und ihre Tasche auf den Boden stellte.

»Miss Whitman, es tut mir Leid wegen der Kündigung, aber ich ... ich muss gehen ... jetzt«, sagte sie entschieden. Ihr Blick begegnete dem ihres zukünftigen Ehemanns.

Miss Whitman geriet keineswegs aus der Fassung. »Es spricht so vieles für die Gesetze des Herzens! Du willst ja wohl nicht enden wie ich, Peggy, Mädchen.«

»Erklären Sie Mrs Rowan, warum ich gegangen bin?«, fragte Peggy. »Sie ist in all den Jahren so freundlich zu mir gewesen und ich lasse sie nicht gern im Stich.«

Mrs O'Connor schnäuzte sich laut. »Ach, Peggy, meine Liebe! Ich werde dich schrecklich vermissen. Was soll ich anfangen ohne deine großen braunen Augen, mit denen du meinen Geschichten zugehört hast und die mich immer wieder aufgemuntert haben?«

Peggy umarmte die mütterliche Köchin. »Sie erzählen Kitty, was geschehen ist, ja? Und schicken mir ihre Anschrift, sobald ich selber eine habe? Ich werde Ihnen allen schreiben. Ganz bestimmt.«

»Natürlich!«, versicherte Mrs O'Connor. »Ich habe deinem jungen Mann eben gesagt, dass Pater Vincent die Frühmesse in St. Patrick hält – der hat nämlich meine Tochter getraut. Er wird sich um euch kümmern.«

»Oh danke, Mrs O'Connor«, strahlte Peggy. »Sarah kann meine Brautjungfer sein …«

»Was soll ich denn mit deinem Lohn machen, Peggy?«, unterbrach Miss Whitman. »Es steht mindestens noch ein Monatslohn aus und für die Hilfe bei der Hochzeit wollte Mrs Rowan eine zusätzliche Prämie zahlen.«

Peggy überlegte. Sie hatte ihr Sparbuch. Es war also Geld da für die ersten Anschaffungen, für Essen, Vorhänge und Decken – für alles, was sie und James brauchen würden. Jetzt, wo sie sich selbst ein Heim schaffen musste, würden ihrer Schwester Eily die kleinen Überweisungen fehlen, die ihr Peggy bisher zweimal im Jahr geschickt hatte.

»Ich weiß nicht genau, wo ich nächsten oder übernächsten Monat sein werde«, sagte sie. »Ich will Ihnen was sagen, Miss Whitman, würden Sie wohl so freundlich sein und das Geld meiner Schwester Eily nach Irland schicken? Ich schreibe Ihnen hier die Adresse auf. Bestellen Sie ihr, es ist ein Geschenk von mir.«

Peggy O'Driscoll umarmte die beiden Frauen und, lachend vor Glück, nahm sie zum letzten Mal Abschied von ihnen und Haus Rushton. Arm in Arm saßen Peggy und James auf dem Wagen, als sie dem Haus endgültig den Rücken kehrten.

Der Pachteintreiber

Der Mann mit dem rötlichen Haar und dem borstigen Schnurrbärtchen kam zurück, wie angekündigt. In der letzten Woche hatten Eily und John jeden Abend den kleinen irdenen Krug geleert, den sie unter dem Bett aufbewahrten, und hatten ihr Geld gezählt. Sie hatten einen guten Preis für Muck bekommen, dazu kam das Hühnergeld und alles, was sie an zwei Markttagen verdient hatten. Trotzdem, wie oft sie auch zählten und rechneten, der fällige Betrag kam nicht zusammen. Mary-Brigid wünschte sich ein Wunder, das die Kupfermünzen in Silber oder Gold verwandeln würde.

»Kommen Sie herein, Mr Brennan«, rief John. »Wir haben das Geld für Sie.«

Gespannt sahen alle zu, wie sich der Mann das Geld in die Hand zählte.

»Es scheint da ein kleines Missverständnis vorzuliegen, Mr Powers. Die Summe reicht nicht für den vereinbarten Pachtzins.«

Johns breite Hände umklammerten den Tisch. »Es ist kein Missverständnis, Mr Brennan. Das ist alles, was da ist. Ich habe nichts mehr zum Verkaufen. Die Pacht ist doppelt so hoch wie letztes Jahr um diese Zeit. Es ist alles, was ich zahlen kann. Das müssen Sie Mr Ormonde sagen!«

Mr Brennan schien verlegen. Er ließ seinen Blick durch die Hütte schweifen, sah den jungen Mann und die Frau mit ihren zwei kleinen Kindern und die alte Frau in der Ecke, die ihn böse anfunkelte. Er hasste es, den Pachtzins für Hussey einzutreiben.

»Ich werde mit ihnen sprechen, Mr Powers. Sind Sie sicher, dass Sie mir sonst nichts weiter geben können?«, hakte er nach.

»Nein, kann ich nicht!«, sagte John entschieden. »Hier gibt es nur noch das Essen auf den Tellern der Kinder und die Kleider, die sie auf dem Leib tragen. Sagen Sie Dennis Ormonde, ich habe so schwer gearbeitet, wie ein Mann nur arbeiten kann – und das ist alles, was ich habe!«

Mary-Brigid sah, wie Mr Brennan ihr Geld in einen Lederbeutel schaufelte. »Ich werde bei Mr Hussey für Sie sprechen«, versicherte der Mann. Plötzlich hatte er es eilig wegzukommen. Sie beobachteten, wie er sich in den Sattel seiner stämmigen grauen Stute schwang und davonritt.

»Jetzt warten wir«, sagte John ernst.

Die Belagerung

Sie warteten und warteten – und sie trafen ihre Vorbereitungen. Mary-Brigid half ihrem Vater, Kartoffeln in einen großen Sack zu füllen, den er gemeinsam mit Michael in die Hütte schleppte. In jeden übrigen Topf, in jeden Eimer und jedes Glas wurde Wasser aus dem Brunnen geschöpft und in der kühlsten Ecke der Küche aufbewahrt und an der Wäscheleine blieb nicht ein einziges Kleidungsstück hängen. Johns Werkzeuge wurden aus dem kleinen Schuppen geholt und nun lehnten Spaten, Heugabel, Sense und Hacke an der Küchenwand. Auch Maisie wurde hereingebracht. Sie fuhr bei dieser Gelegenheit mit wütendem Gegacker auf Scrap los, der von dem Gast nicht gerade begeistert war. Nano und Eily kontrollierten die Behälter mit Mais- und Hafermehl und Michael und John rückten das wuchtige Küchenbüfett, das Mary-Brigids Großvater gezimmert hatte, neben die Tür.

»Mary-Brigid, du musst deinen kleinen Bruder im Auge behalten. Ihr dürft nicht weiter als ein paar Meter vom Haus weggehen«, ordnete ihr Vater an. »Hast du mich verstanden?«

»Ja«, sagte sie, verschüchtert von all den ungewöhnlichen Maßnahmen.

Diese Nacht schlief sie unruhig und am Morgen entdeckte sie, dass Michaels Lager auf der Bank neben dem Kamin unberührt war.

»Michael ist fort!« Sie lief mit der Nachricht zu ihren Eltern.

»Die Auseinandersetzung hier ist ja nicht seine Sache«, sagte Nano. »Und er hat was zu erledigen …«

Mary-Brigid linste aus der Haustür. »Die Pferde sind auch weg!«, verkündete sie.

Ihr Herz machte einen Satz, als sie zu Mittag das Klappern von Pferdehufen auf dem Weg hörte. Angestrengt sah sie den Weg hinunter; es war Mr Brennan mit vier anderen Männern.

»Rein mit euch, Mary-Brigid«, befahl John kurz. »Bleibt vom Fenster weg.«

Er beugte sich vor und stemmte die Schulter gegen das Büfett. Unter Ächzen und Stöhnen schoben er, Eily und Nano das schwere Möbelstück vor die Tür.

Nach ein paar Minuten rief eine Stimme: »Mr Powers, ich bin's, Tom Brennan. Leider ist der Betrag, den Sie bezahlt haben, unannehmbar. Ihr Gutsherr besteht auf der vollen Summe.«

»Ich habe Ihnen gesagt, dass ich nicht mehr besitze!«, rief John.

Ein anderer ergriff das Wort. »Sie, John Powers, und Ihre Angehörigen werden auf Befehl des Gutsherrn Dennis Ormonde aufgefordert, dieses Anwesen zu räumen.«

»Hussey!«, sagte John.

William Hussey saß rittlings auf seinem großen Fuchs. Sein hartes Gesicht schien auf der einen Seite verzerrt, die Haut runzlig und vernarbt. Sein linker Arm hing nutzlos herab.

»Ich räume nicht!«, schrie John. »Sagen Sie Ormonde, ich gebe das untere Feld auf, wenn das den Pachtzins ermäßigt.«

Gedämpfte Stimmen redeten aufeinander ein, als ob sie miteinander stritten. Dann kam Mr Hussey näher zur Tür herangeritten. »Das Land wird nicht geteilt«, erklärte er. »Es gibt hier nichts zu diskutieren. Entweder Sie bezahlen den vollen Betrag für die Pacht dieses Hofes oder Sie geben ihn auf. Mr Ormonde ist ein viel beschäftigter Mann. Alle Vollmachten bei der Verwaltung seines Besitzes liegen bei mir.«

»Sie wollen sich diesen Hof nur selber unter den Nagel reißen, Hussey! Sie werden ihn nicht kriegen!«, rief John.

»Was unterstehen Sie sich!« Der Gutsverwalter fluchte. »Die Angelegenheit ist damit nicht erledigt. Noch lange nicht!«

Zwei Männer wurden zur Bewachung der Hütte zurückgelassen, die anderen ritten davon. Mr Brennan würde hoffentlich so ehrlich sein, dachte John, und dem Gutsherrn das Angebot mit dem unteren Feld unterbreiten.

Die Nacht brach herein, aber kaum einer in der Familie konnte schlafen.

Eily blieb auf einem Stuhl neben dem kleinen Fenster sitzen und passte auf, ob nicht Hussey und seine Männer zurückkehrten.

Am Morgen wachten sie vom Gekrächze der Krähen aus den nahen Wäldern auf. Verschlafen trank Mary-Brigid einen Schluck Milch und aß ein Stück Brot. Ihr Vater machte einen erschöpften Eindruck, übernahm aber jetzt die Wache. Eily zog Jodie an, wusch ihn und versuchte, ihn abzulenken. Schließlich erhob auch Nano ihre müden alten Knochen.

William Hussey und seine Männer kamen zurück. Sie schienen etwas wie einen Baumstamm hinter sich herzuziehen. Unmittelbar vor der Tür machten sie Halt.

»John Powers! Sind Sie bereit, den Pachtzins zu bezahlen, wie er von Ihrem Gutsherrn Dennis Ormonde festgesetzt ist?«, rief Mr Hussey betont deutlich.

»Ich habe euch fast das Doppelte meiner vorjährigen Pacht gegeben«, antwortete John verzweifelt. »Ich besitze keinen roten Heller mehr. Ich habe sogar angeboten, eins meiner Felder abzutreten, um den Differenzbetrag auszugleichen.«

»Geweigert haben Sie sich, den vollen Pachtzins zu zahlen!«, höhnte Mr Hussey.

»Ich bin ein guter Pächter, wie vor mir mein Vater und auch mein Großvater. Ich habe keinen Streit mit Mr Ormonde. Er weiß, dass ich mehr als einen angemessenen Pachtzins bezahlt habe«, rief John.

Mr Hussey wendete sein Pferd. »Wir geben euch eine

Stunde, um euren Kram zu packen und die Behausung hier zu räumen«, erklärte er.

Alle in der kleinen Hütte standen ratlos und wie unter Schock. Sie wussten nicht, was sie tun sollten. Jodie fing an zu weinen und klammerte sich an seinen Vater. John nahm ihn auf den Arm. Nano schlurfte durch die Hütte und fing an, Sachen zusammenzufalten und in kleine Bündel zu schnüren.

»Was machst du da, Nano?«, fragte Eily.

»Ich fange an zu packen«, sagte Nano ruhig. Sie gab sich Mühe, die Verzweiflung in ihrer Stimme zu verbergen.

»Wir packen nicht, Nano!«, sagte John fest. »Setz dich. Setzt euch alle hin!«

An seinem Gesichtsausdruck und seinem Verhalten erkannte Nano, dass dieses Mal die Wünsche des jungen Mannes respektiert werden mussten.

Mary-Brigid war so aufgeregt, dass sie das Herz in ihrer Brust hämmern hörte. Eily stand hilflos und bleich wie ein Gespenst in der Hütte. Alle warteten.

Nach einer Stunde griff einer der Männer nach einer großen Mistgabel und fing an, das Stroh vom Hüttendach zu zerren. Die anderen schoben den Baumstamm näher heran. Mary-Brigid schloss die Augen und wartete auf den Schlag, der gleich gegen die Holztür pallen würde.

»Jetzt!«, schrie William Hussey.

Die Männer stießen mit aller Kraft zu, und die kleine

Hütte schien zu vibrieren, als der Rammbock gegen die Tür knallte, aber das schwere alte Eichenbüfett hielt der Wucht des Angriffs stand.

»Noch mal!«, kommandierte Hussey.

Alle in der Familie machten sich auf einen neuen Schlag gefasst und innerhalb von wenigen Minuten wurde ihr Heim wieder und wieder von Stößen erschüttert. Die Tür splitterte, und es war vorauszusehen, dass das Büfett nicht mehr lange durchhalten würde. Im Dach klaffte bereits ein Loch, durch das sie den Himmel sehen konnten. Dann verstopfte jemand den Kamin, um sie auszuräuchern. Beißende Tränen liefen ihnen über die Gesichter und der Qualm ließ sie husten und würgen.

Mary-Brigid ahnte, dass sie die Hütte bald würden verlassen müssen. Der arme Jodie keuchte schon so schlimm, dass er kaum Luft bekam. Ohne sich zu rühren, hielt Eily das Kind an sich gedrückt, sie stand wie zu Stein erstarrt.

»Mr Hussey! Mr Hussey!«

Alle hörten die Rufe. Es war Michaels Stimme. Michael war zurückgekommen.

»Aufhören! Sagen Sie den Männern, sie sollen aufhören!«, schrie er, während er auf die Hütte zurannte. »Lasst die Leute hier in Ruhe!«

William Hussey drehte sich nach ihm um. »Wer zum Teufel bist du? Was geht dich das an?«

»Eily ist meine Schwester und das hier ist ihr Zuhause.«

»Ihr Zuhause, was du nicht sagst!«, spottete der Verwalter.

»Mr Hussey! Was meinen Sie, ist der Wert von diesem Pachthof und der Hütte? Wie viel bräuchte man, um es zu kaufen?«, fragte Michael mit den Händen in der Westentasche.

»Kaufen! Die können sich ja nicht mal den vollen Pachtzins leisten.« Der rotgesichtige Mann brach in schallendes Gelächter aus. »Der Hof hier würde sie mindestens vierzig Pfund kosten.«

»Vierzig Pfund!«, wiederholte Michael. »Sie sagen also, das ist die Kaufsumme für dieses Anwesen?«

»Ja«, nickte Mr Hussey. Wütend funkelte er die wenigen Nachbarn an, die sich inzwischen am Torweg eingefunden hatten und den Auftritt beobachteten.

»Die Sache ist erledigt!«, rief Michael, sah ihm offen ins Gesicht und griff nach dem Lederzügel von Husseys Pferd.

»Was meinst du damit – erledigt?«

»Ich sage die Wahrheit«, erklärte Michael. »Fragen Sie Mr Ormonde. Der Räumungsbefehl ist rückgängig gemacht und das Land hier verkauft.« Laute des Erstaunens drangen von der Versammlung der Nachbarn herüber. »Und jetzt rate ich Ihnen, Mr Hussey, dass Sie Ihren Leuten sagen, sie sollen aufhören, sonst müssen Sie für den angerichteten Schaden noch eine hohe Summe zahlen!«

»Wo ist dein Beweis?«, schrie Mr Hussey.

»Mein Beweis ist bei Mr Ormonde. Sie können alles selber nachprüfen«, sagte Michael.

Hussey riss die Zügel herum und wendete sein Pferd. »Du kleiner Gernegroß mit deinen Lügen und Angebereien! Du wirst meine Peitsche noch zu spüren kriegen! Ich werde herausfinden, was das alles soll. Ihr habt nicht zum letzten Mal von mir gehört. Ich komme wieder und dann bringe ich den Wachtmeister mit, der soll euch allesamt verhaften und von diesem Grundstück werfen!«

»Sie sind keine Pächter mehr!«, sagte Michael eisig. »Sie können gar nichts tun.«

William Hussey und seine Leute ließen den Rammbock im Stich und ritten über die Felder davon. Die Hütte war stehen geblieben und ungläubig sahen die verstörten Familienmitglieder hinter den Männern her.

Glengarry

Ist es wahr?« Eily blieb vor ihrem Bruder stehen, die Kinder umarmten und küssten ihn.

»Ja, es ist wahr«, sagte er leise. »Das Haus und das dazugehörige Land sind jetzt euer Eigentum, Eily, und das Eigentum eurer Nachkommen.«

»Was um Himmels willen hast du getan, Michael?«

»Ich habe Glengarry verkauft. Sie ist eine hervorragende Stute. In ihrer Glanzzeit hat sie einige der besten Rennen gewonnen und unter ihren Fohlen gibt es auch schon ein paar Sieger.«

»Ich kann's nicht glauben!«, rief Eily weinend. Die Tränen liefen ihr nur so über das Gesicht. »Du hast dein Pferd verkauft! Du hattest doch solche Pläne mit Glengarry!«

»Ich dachte mir gleich, dass Mr Ormonde einer ist, der auf Rennpferde setzt. Zufällig kennt er Sir Henry Buckland und hat auch von den Ställen von Castletaggart gehört. Er ist ein guter Pferdekenner, das muss ich ihm lassen. Gerade mal einen Blick hat er auf die Stute geworfen, da wollte er sie haben. Er will seinen Rennstall vergrößern. Landwirtschaft interessiert ihn nicht, er setzt auf Pferderennen! Glengarry wird ihn nicht enttäuschen. Sie ist eine gute Zuchtstute.«

»Ein Pferd ist so viel wert?«, wunderte sich Eily.

»Ein teures Rennpferd schon«, sagte Michael. »Und Pferderennen ist alles, was einer Spielernatur wie Mr Ormonde etwas bedeutet.«

»Also! Ich kann es immer noch nicht fassen.«

»Ich habe ihm versprochen, dass ich ihm ein paar Ratschläge gebe, wie er seine Bruchbuden von Stallungen einigermaßen in Schuss kriegt – damit sie halbwegs werden wie die an meinem früheren Arbeitsplatz.«

»Was du nicht sagst!« Eily wagte ein halbes Lächeln.

»Vergiss nicht, Eily, in der Summe steckt ja auch das Geld, das ihr Mr Brennan schon gegeben habt.«

»Das hast du alles für uns getan, Michael!«, sagte sie überwältigt.

»Ihr seid meine Familie, Eily. Es war das Mindeste, was ich tun konnte«, sagte er stolz und seine dunklen Augen leuchteten. »Jedenfalls ist jetzt alles unterzeichnet und besiegelt, der Pachthof läuft auf euren Namen.«

»Komm her, Kind! Lass dich umarmen«, rief Nano, die immer noch ganz zittrig neben dem Kamin saß. Michael musste leise lächeln, als seine alte Tante ihn fest an sich drückte und ihm die dichten Locken aus dem Gesicht strich wie früher, als er ein kleiner Junge gewesen war. »Michael, deine Eltern wären jetzt sehr stolz auf dich«, sagte sie und in ihrer Stimme schwang Ergriffenheit. »Und auch ich bin sehr stolz auf dich – auf euch alle!«, ergänzte sie feierlich.

Westwärts

Peggy tastete über den schmalen Goldring an ihrem Finger. Verheiratet! Sie konnte es immer noch nicht glauben, dass James ihr Ehemann war. Mrs James Connolly! Es hörte sich herrlich an.

Fest drückte sie seine Hand. Sie saßen nebeneinander auf dem Vordersitz ihres Wagens, der wieder einmal über einen zerfurchten, staubigen Feldweg rumpelte. Leuchtend blaue Kornblumen reckten sich in der Hitze himmelwärts. Peggy war froh über den schlichten weißen Sonnenhut, der ihre Augen vor der grellen Sonne schützte. Schon spürte sie, wie ihr die Wärme einen neuen Schwung Sommersprossen auf Nase und Wangen malte.

Vor fünf Tagen hatten sie geheiratet. In einer schlichten Feier waren sie von Pater O'Hara nach der Zwölfuhr-Messe in der kleinen Gemeindekirche St. Patrick getraut worden. John hatte Peggy zum Altar geführt und Sarah war Brautjungfer gewesen. Peggy trug ein helles lavendelfarbenes Kleid und Sarah hatte ihr eine neue cremefarbene Satinhaube geliehen, die sie mit Blumen herausgeputzt hatte.

Wie gern hätte Peggy ihre Tante Nano und ihre Geschwister Eily und Michael hier gehabt! Dafür war dann Mrs O'Connor aufgetaucht und hatte einen Riesenwirbel um Peggy veranstaltet. Als Geschenk hatte sie ihr eine Kaminuhr mitgebracht.

»Das ist doch viel zu viel!«, hatte Peggy gesagt, aber Mrs O'Connor war nicht zu bremsen gewesen.

»Du musst etwas haben, das dich an Rushton erinnert und an die Jahre, die du in Greenbay gearbeitet hast.« Die Uhr hatte in Mrs O'Connors Zimmer auf dem Kaminsims gestanden. Ganz sicher würde Peggy einen gebührenden Platz dafür finden, sobald sie sich endgültig angesiedelt hätten.

Nach der Trauung hatte es ein schönes Essen gegeben – von Sarah gekocht – und Mrs O'Connor und Pater O'Hara waren mit nach Hause gekommen. Es war alles ganz anders gewesen als bei der verschwenderischen Hochzeitsfeier, die man für Miss Roxanne ausgerichtet hatte, doch als Peggy in die Runde sah und die Liebe und Zärtlichkeit in James' Augen erkannte und als sie sich klar machte, dass Sarah, ihre beste Freundin, jetzt ihre Schwester war, kannte ihr Glück keine Grenzen.

Westwärts! Sie waren unterwegs nach Westen. Vor ihnen holperte der Wagen von Sarah und John. Am letzten Mittwoch, als sie sich dem Treck angeschlossen hatten, hatte Peggy ihr erstes eigenes Heim betreten: einen Planwagen mit zusammenrollbarer Matratze, einer Bank an der Seite und einem einfachen niedrigen Tisch. Zur Hälfte wurde das Wageninnere von Reiseproviant beansprucht und von notwendigen Dingen für ihr neues Leben und ihr künftiges Heim.

Im Wagentreck fuhren noch zwei andere irische Familien mit, die O'Hallorans und die Callaghans. Viele der Mitreisenden waren Holländer und einen, Ben Maasen, hatte Peggy schon kennen gelernt. Er hatte sie nämlich augenzwinkernd geneckt, weil sie noch so frisch verheiratet war. »Musst dich mal mit meiner besseren Hälfte unterhalten. Sie weiß bestens Bescheid über die Ehe!«, hatte er ihr angeboten. Arlene, seine Frau, hatte Peggy herzlich zugelächelt und ihr ihre vier flachshaarigen Kinder vorgestellt.

Geschichten, die sie über Indianer, kopflos fliehende Büffelherden, wilde Bergkatzen und Grislibären gehört hatte, versuchte Peggy aus ihren Gedanken zu verbannen. Adam Shelton, der Leiter des Trecks, schien ein fähiger, besonnener Mann zu sein, der sie auf ihrer langen Reise gut führen würde.

Manchmal kam es Peggy vor, als ob ihr ganzes Leben, vielmehr, als ob alle wichtigen Abschnitte ihres Lebens auf die eine oder andere Art mit einer Reise verbunden waren. Da war einmal die Reise, die sie noch als kleines Mädchen gemacht hatte – ungefähr im Alter von Ben Maasens Tochter –, als sie an der Hand ihrer großen Schwester quer durch ein hungerndes Land gelaufen war, bis ihr jeder Knochen im Leib schmerzte, bis ihre Füße bluteten und der Hunger in ihrem Bauch nagte, dass sie fast wahnsinnig geworden wäre. Später kam dann die fürchterliche Reise von Irland nach Amerika auf der *Fortunata*, dem Schiff, auf dem sie Sarah, John und ihrem geliebten James zum ersten Mal begegnet war. Sie schloss die Augen bei der Erinnerung.

»Alles in Ordnung, Peggy?« James' Stimme klang besorgt, während er, die Lederzügel in der Hand, die beiden Pferde lenkte.

»Alles in Ordnung«, sagte sie lächelnd. »Alles bestens.« Sie beugte sich zu ihm und drückte ihm einen Kuss auf die Wange. »Ich habe nur gerade gedacht,

James, in der ersten Stadt, durch die wir kommen, muss ich unbedingt den Brief an meine Familie aufgeben. Sie sollen alles von dir erfahren und von der Hochzeit und wie glücklich ich bin.«

Er drehte sich zu ihr und lächelte liebevoll.

Vor ihnen lag meilenweit unerforschtes Gebiet. Eine endlose Strecke und eine beschwerliche Reise standen ihnen bevor, aber das machte Peggy alles nichts aus – jetzt, wo sie James an ihrer Seite hatte. Was für eine Vorstellung – sie fuhr mit einem Wagentreck durch halb Amerika! Und diesmal war es eine Reise, die sie wirklich gern machte.

Ein Brocken Erde

Mary-Brigid stand mitten in der Hütte. Die Holztür lag in tausend Splittern auf dem Boden und das Küchenbüfett hatte Sprünge und Risse. Durch das Loch im Dach konnte sie den Abendhimmel sehen, an dem gerade der erste Stern aufging. Sämtliche Möbel lagen in einem Haufen zusammen. Zwei Fensterscheiben waren zerbrochen.

»Morgen fangen wir gleich an und bringen die Hütte wieder in Ordnung«, versprach ihr Vater.

Mary-Brigid tappte hinter den anderen her ins Freie. Nano ging, auf Michaels Arm gestützt, und John trug Jodie auf den Schultern. Es war fast dunkel und die spillerigen Umrisse der Dorn- und Ginsterbüsche tanzten im Wind. Die Felder und niedrigen Steinmauern lagen dunkel und geheimnisvoll. Aus einiger Entfernung hörten sie gedämpftes Wiehern – das Wiehern eines jungen Pferdes.

»Morning Boy! Willst du wohl still sein! Sonst lasse ich Ormonde kommen, damit er dich auch noch kauft!«, lachte Michael.

»Ich hatte schon Angst, du würdest ihn verkaufen«, sagte Mary-Brigid leise.

»Wie kommst du nur auf die Idee, ich könnte so dumm sein und eins der besten Rennpferde verkaufen, das Irland wohl je zu sehen kriegt?«, witzelte Michael. »Es wird viel Arbeit mit ihm geben, Mary-Brigid, jetzt, wo seine Pflegemutter weg ist. Und wie es aussieht, bekomme ich in der nächsten Zeit allerhand zu tun – ich werde also einen Gehilfen brauchen.«

»Mich? Meinst du mich?«, fragte Mary-Brigid mit leuchtenden Augen.

Michael schmunzelte über ihre Begeisterung.

»Mary-Brigid, komm mal her«, rief Eily. »Sieh dich um, Mary-Brigid.« Ihre Mutter bückte sich und hob einen dicken Erdklumpen auf. »Mach die Hände auf, Liebling.«

Eily legte den Brocken in Mary-Brigids offene Hände.

Die Erde fühlte sich fest, schwer und feucht an. Sie duftete nach Torf, frischem Gras und all den Pflanzen, die schon seit hunderten von Jahren daraus gewachsen waren.

»Halte das Stück Erde fest, Mary-Brigid, und denke immer an diesen Tag und diese Nacht! Es ist der Tag, an dem diese Felder, das Land und die mühsam bearbeitete Erde endlich unser Eigentum geworden sind!«

Mary-Brigid stand unter dem dunklen, weiten Himmel und schwor sich, diesen Tag nie zu vergessen.

Thienemann Taschenbuch bei OMNIBUS

Kinderbücher
zum
Lesen und Vorlesen,
zum
Sammeln und Verschenken,
zum
Nachdenken und Träumen

Robert Bolt • Michael Bond • Achim Bröger
Michael Ende • Josef Göhlen • Sigrid Heuck • Tanja Kinkel
Max Kruse • Boy Lornsen • Ulrich Mihr
Otfried Preußler • Tor Seidler • Tina Spiegler
Ursula Wölfel • Elisabeth Zöller

OMNIBUS